veia bailarina

veia bailarina

IGNÁCIO DE LOYOLA BRANDÃO

São Paulo
2008

© Ignácio de Loyola Brandão, 1997

5ª EDIÇÃO, GLOBAL EDITORA, SÃO PAULO, 2008

Diretor Editorial
JEFFERSON L. ALVES

Gerente de Produção
FLÁVIO SAMUEL

Assistente Editorial
MARCOS ANTONIO DE MORAES

Preparação
SÍLVIA CRISTINA DOTTA

Editoração Eletrônica
ANTONIO SILVIO LOPES

Capa
MAURICIO NEGRO E EDUARDO OKUNO

Dados Internacionais de Catalogação na Publicação (CIP)
(Câmara Brasileira do Livro, SP, Brasil)

Brandão, Ignácio de Loyola
  Veia bailarina / Ignácio de Loyola Brandão. – 5. ed. –
São Paulo : Global, 2008.

  ISBN 978-85-260-1298-1

  1. Brandão, Ignácio de Loyola, 1936- 2. Escritores
brasileiros – Biografia I. Título.

08-02862   CDD–928.699

Índices para catálogo sistemático:

  1. Narrativas pessoais : Aneurismas :
     Cirurgia : Biografia   928.699

Direitos Reservados

GLOBAL EDITORA E DISTRIBUIDORA LTDA.

Rua Pirapitingüi, 111 – Liberdade
CEP 01508-020 – São Paulo – SP
Tel.: (11) 3277-7999 – Fax: (11) 3277-8141
e-mail: global@globaleditora.com.br
www.globaleditora.com.br

Colabore com a produção científica e cultural.
Proibida a reprodução total ou parcial desta obra
sem a autorização do editor.

Nº DE CATÁLOGO: **2031**

Para
Márcia Gullo, Daniel, André, Maria Rita,
neste primeiro ano do resto de minha vida.
E aos que me ajudaram a transpor a fronteira:
Marcos Stavale, Ophir, Nelson, Koshiro, Arthur,
Eunice, Suely.
E para Dorian Jorge Freire,
exemplo na luta contra a adversidade.

A caminho do centro cirúrgico, a maca atravessa corredores gelados, porém o frio dentro de mim não tem a ver com a temperatura do dia. Não me importa o gelo, surpreendente para um hospital com a qualidade de primeiro mundo. Entre o apartamento e a mesa de operações é um longo caminho. Quando criança, nas aulas de Educação Física, saltávamos de uma altura de cinco metros para uma lona sustentada pelos mais fortes da turma. Quem não saltasse levava suspensão, mantida até o dia em que criasse coragem para o salto. Perder muitas aulas significava reprovação no final do ano. Educação Física era obrigatória. O vôo entre a viga e a lona era vagaroso, perdia-se o fôlego. Aquele espaço curto-longo sempre me intrigou. Ao olhar outros saltadores, via que tudo se resolvia em segundos. Por que demorava tanto comigo? Ou todos tinham esta sensação? Um dos primeiros mistérios do tempo para mim.

A mesma ânsia para atingir a lona, sinto agora, querendo entrar logo no centro, ser anestesiado, adormecer. Desafio que me anima, sem medo de morrer. Morrer dormindo. Como será a passagem? O outro lado? O pior, o que me apavora é sobreviver com seqüelas, transformado num vegetal lúcido, perdida a fala, os movimentos, a visão. Um risco, o jogo começou. Daquela sala vai sair outro Ignácio? Ou nenhum?

Como as pessoas que gostam de mim reagirão à minha morte? As jornadas de Passo Fundo vão fazer um minuto de silêncio? O Colégio Anglo de Rio Preto dispensará os alunos? E a escola padre Antônio Vieira, em São Paulo, cujo diretório acadêmico leva meu nome? Terei um velório na Casa de Cultura de Araraquara? Será feriado na cidade? Os carrinhos que vendem sanduíches, melancias e sucos, habituais na porta do cemitério, farão bons negócios, ficarão agradecidos? "No enterro do seu Ignácio vendemos tudinho."

Sempre imaginei um funeral alegre, com as pessoas cantando, uma banda ou conjunto tocando. Uma vez, deixei com meu amigo Gadelha pequena lista com algumas de minhas músicas preferidas. Quem pode cantar I've Seen That Face Before *como a Grace Jones?* Estrela da Tarde *como o Carlos do Carmo?* Moliendo Café *como o Lucho Gatica?* Quizás, Quizás, Quizás *como Connie Francis e seu sotaque?* Sa Jeunesse *como Yves Montand?* Ne Me Quite Pas *como Jacques Brel? Que banda toca a rumba* Oye Negra *como a orquestra de Xavier Cugat? Quem canta* Negue *como a Maria Bethânia.* Lamento Boricano *como Caetano Veloso.* Hernando's Hideway *como a Doris Day.* Que Je T'aime *como Johnny Halliday.* Alfonsina y el mar *como Mercedes Soza.* Delilah *como Tom Jones.* Porque Te Vas *como Jeanette (do filme* Cria Cuervos*).* Amore Fermati *como Fred Bongusto.* Istambul *como Caterina Valente. Músicas que em épocas diferentes me fizeram a cabeça, marcaram instantes. O Coral do*

Ieba, a escola em que estudei, cantava Caboclo Faladô *bem na hora da aula de química. Fórmulas se misturavam ao refrão:* Num parava de falá, num parava de falá. Love is a many splendored thing *revive, no* footing *dos anos 50, a deslumbrante Marília Caldas, a mais bela jovem de Araraquara, desfilando com o Dedeto, tão amado e disputado pelas mulheres. Que hora de pensar nisso!*

Luto contra cada instante, tenho de chegar intacto à mesa. Preciso vencer alguns metros de corredores. Conto a possibilidade de vida por metros. Não há dor, indisposição, náusea, eu podia ter caminhado do apartamento, batendo um papo. Por que devo enfrentar esta cirurgia brutal? Por que de repente o mundo virou de ponta cabeça? Os efeitos do Dormonide são tênues, o pré-anestésico não funcionou como devia. Garantiram que era tiro e queda, dormiria em cinco minutos. Fiquei desperto, curioso e com medo. A sala de cirurgia. Homens de branco, luzes. Não quero olhar para os instrumentos. Nem sei onde estão. Como será a cirurgia? Devia ter perguntado.

Atordoado, percebo a movimentação em torno. Tudo muito rápido. Para eles é apenas mais um paciente? Ou cada um que entra aqui transporta consigo a tensão, contagiando o ambiente? Começo a penetrar numa nuvem. Um rosto moreno, um sorriso brilhante, uma voz que me diz: "Sou Eunice, a instrumentadora". Salto da viga para o escuro absoluto.

Sete meses antes

O chão foi para o lado direito, inclinei-me para o esquerdo. Virei-me para o direito, o chão subiu. Quem está bêbado, o chão ou eu? Tolice sem graça. Ri desajeitado, acordo bem-humorado. Mal tinha idéia de que estava iniciando um período de vida que me levaria ao terror absoluto. Tentei dar outro passo, tudo girou. Achei que tinha me desequilibrado por ter-me erguido da cama rápido demais, continuei em direção ao banheiro. Ao terminar de escovar os dentes, senti de novo a tontura rápida. Não tinha bebido na noite anterior nem tomado medicamentos. Não que tome muitos, seja viciado em analgésicos, antigripais, laxantes, descongestionantes, pílulas para dormir, acordar, vitaminas, antialérgicos, antiácidos. Às vezes, por dormir de mau jeito, acordo com a nuca doendo e a dor se estende à cabeça. Um Dorflex e em dez minutos estou perfeito. Ajuda-me a relaxar, a dormir, é melhor do que Lexotan. Durante algum tempo, considerei-me dependente.

Tonturas.

Leves, tolas.

Tenho uma labirintite

inocente.

Então não sei

me diagnosticar?

Todo mundo sabe.

No entanto, meu médico e meu dentista várias vezes recomendaram Dorflex para dor de cabeça, ou após uma pequena cirurgia na boca, de maneira que continuei a tomá-lo. "Cuidado", alertavam os bem-intencionados, "Dorflex é condenado nos Estados Unidos". São os ortodoxos contra todo e qualquer medicamento, indignados com a indústria farmacêutica que transformou as farmácias em atraentes supermercados, onde, ao entrarmos, apanhamos uma cestinha e recolhemos remédios ao bel-prazer. De vez em quando uso palavras que me espantam. Bel-prazer provoca sensação agradável.

Quando acordo às 6 da manhã, antes de a empregada chegar, passo (como se dizia em Araraquara) o café. Gosto de fazer, é minha única qualidade na cozinha, tenho boa mão, adoro o cheiro espesso que se ergue do coador, quando, lentamente para não formar bolhas, jogo a água fervente, adoçada (coisa de interior), sobre o pó. Uma colher de chá de chocolate amargo acentua o sabor. O cheiro me reanima, ainda que eu seja dos que abrem os olhos e estão prontos. Não consigo ficar na cama como a Márcia, minha mulher, que me provoca inveja ao desfrutar as cobertas ainda por meia hora, uma hora, sem culpa, preguiçosa e feliz. Preciso conversar com um terapeuta, descobrir por que me sinto incomodado se não me levanto cedo. Há décadas não sei o que é sair da cama às 10 da manhã.

A caminho da cozinha, o corredor balançou como navio. O que acontece? pensei, sem me preocupar. Perto dos sessenta anos, há dias em que percebemos não estarmos na melhor forma. Um de meus orgulhos era ter chegado até aqui sem "mostrar a idade", sempre disposto, principalmente a andar. Se pudesse antever o que estava por vir, teria ficado paralisado, tomado por calafrios. O pesadelo viria cinco meses depois.

Começo de novembro, tempo chuvoso, sombrio. No correr do dia, durante o trabalho, senti a tontura por duas ou três vezes. Nada forte, porém a sensação de desequilíbrio se acentuava ao descer escadas. Só pode ser labirintite, admiti. São todos os sintomas. Sintomas! Tudo o que sabia de labirintite é que provoca tonturas, nada mais. Adoramos nos automedicar.

Não consegui falar com meu médico e lembrei-me de uma amiga que tinha crises eventuais de labirintite. Daquelas pessoas docemente hipocondríacas, experientes em doenças e remédios, prontas a aconselhar, indicar, conhece todas as bulas. Ela recomendou Vertix, um à noite, outro pela manhã. Como, neste país, somos todos loucos, comprei. Vertix é uma paulada. No dia seguinte, não me levantei, mal abria os olhos, dopado. Quando fui para o trabalho, à tarde, ainda zonzo, as tonturas continuavam.

Estávamos na véspera do lançamento do meu romance *O Anjo do Adeus*, e decidi fazer rápida auto-análise. Desde que na década de 60 os livros de Karen Horney e Erich Fromm popularizaram a psicanálise, minha geração passou a se "auto-analisar". Os psicanalistas, cultores de Freud e Jung, odiavam essa popularização da matéria. Termos como *dependência, auto-suficiência, caráter compulsivo, tendências*

15

neuróticas, desejo de afeto, autodestruidor, incons-
ciente, grau de consciência, mundo interior, conflitos
interiores eram comuns nas conversas. Usavam-se nas
reportagens, nas críticas de cinema (estas eram uma
mistura de esquerdismo com psicologismo primário,
vindos de leituras apressadas), nos ensaios sobre artes
em geral. Claro, boa parte daquela geração acabou no
consultório do analista. Na década da liberação, a
ditadura correu paralela e grassaram as censuras,
mortes, torturas, prisões, cassações de direitos. O medo
era companhia constante. Os sonhos ideológicos e
amorosos desmoronaram antes dos 80.

Baseado (termo dos anos 60, o baseado de
maconha) naquelas leituras três décadas distantes,
afirmei com segurança: *o problema é a tensão, aliada*
ao estresse. Com esta conclusão, aliviei-me. Adiei o
medo de estar sofrendo um mal-estar físico sério. Daí
para a frente, não me preocupei. Afinal, refletia, vinha
de jornadas intensas. Além de terminar *O Anjo do*
Adeus, dirigia a redação de *Vogue,* dava acabamento ao
livro *Cem Anos de Transparências,* sobre a Vidraria
Santa Marina, que comemorava o primeiro centenário,
redigia uma crônica semanal para *O Estado de S. Paulo,*
produzia textos para *house-organs* de empresas, tinha
uma coluna fixa na revista *O Consumidor Moderno,*
devorava e anotava as pesquisas para escrever *Oficina*
de Sonhos, biografia de Américo Emílio Romi, empresário cuja vida daria um romance. Participava como
jurado de concursos de contos e de romances, organizava as anotações para o novo segmento de *O Verde*

Violentou o Muro, mostrando como se vive na Berlim sem o muro. Revisava *O Manifesto Verde* e selecionava recortes e bibliografia (atravessei a coleção inteira de a *Folha do Meio Ambiente*, de Brasília), para montar uma edição aumentada.

Vivia a maratona que antecede lançamento de livro: entrevistas para tevês, rádios, jornais, redação de *releases*, telefonemas, idas às escolas, organização de *mailings* de convidados (com a preocupação de não esquecer nomes). Para complicar vivia obcecado pelo pensamento que ronda a cabeça de qualquer autor que publica livros: *E se ninguém aparecer?* E se eu esquecer nomes? Devo ter feito mais de quinhentas tardes de autógrafos e sei bem o que são. Exigem treino e memória. Tortura para quem fica carinhosamente na fila. Angústia para quem assina, procurando corresponder à amizade de quem ali está. Todos os dias olhava para o céu, o clima me mantinha em suspense. A festa tinha sido programada para os jardins da nova Editora Global – uma casa histórica no bairro da Liberdade, pertenceu ao arquiteto Ramos de Azevedo – os convidados estariam ao ar livre. A chuva seria catástrofe.

Andava tenso pela expectativa. Há oito anos não publicava ficção. Desde *O Ganhador*, romance de 1987, estava em recesso. Um pouco por vontade própria, outro porque a fria reação a *O Ganhador* me deixara desiludido. Apostara na história de um perdedor cuja tristeza se esconde atrás de ação e humor. Livro sarcástico em certos momentos, como o segmento da inauguração da estátua ao filho da puta, um político tão corrupto e sacana, que sua cidade, admirada de tanta desfaçatez, ergueu um monumento em sua homenagem. Antevisão de Collor? O personagem principal é insólito: um cantor e compositor, sem um braço, que percorre o Brasil ganhando pequenos festivais de MPB. Profissional de festivais da província.

Claro que, diante de repercussão fria, negativa, ou silêncio total, o autor acusa a incompreensão do público e da crítica. Talvez eu estivesse mal-acostumado a vender rápido primeiras edições de dez mil exemplares. Tinha conquistado um público fiel, quase cativo. Quase, porque com *O Ganhador* parece que esse público tinha tirado férias. Veio então a insegurança. Para complicar, o leitor que o analisou para uma editora alemã – aliás amigo meu – foi contra a tradução, considerando que o público associaria *O Ganhador* ao personagem de Alfred Doblin em *Berlin Alexanderplatz*, também um maneta. Fora disso, são livros e personagens diferentes. Considerei o parecer uma traição.

No entanto, quando olho recortes da época, vejo que exagerei. Há críticas favoráveis. O livro recebeu os prêmios da Associação Paulista de Críticos de Arte e o Pedro Nava, como o melhor romance de 1987. Mais: Nizia Vilaça e Márcio Salgado, em 1989, ganharam o Prêmio Idéias Lufthansa, com o ensaio *Nos Trilhos da Ficção* (publicado em Idéias, do *Jornal do Brasil*, a 2 de setembro daquele ano) em que se faz um paralelo entre *O Ganhador* e *Macunaíma*, o clássico de Mário de Andrade, a partir da identidade que os une, o imaginário da viagem. Basta este paralelo com Mário para redimir tudo.

No entanto, é como disse o Jô Soares no *Roda Viva* da TV Cultura: "A gente pode receber cem críticas boas e uma ruim mas vai ficar pensando na ruim". Tirei uma lição do episódio. Ninguém está tranqüilo e o ofício de escrever é excitante porque imponderável. Não sabemos o que vai acontecer, cada livro tem vida própria, é uma surpresa cheia de adrenalina. Uma crítica negativa sacode tanto que somos impulsionados por um sentimento de desforra. Queremos, precisamos e podemos mostrar que sabemos fazer. Então trabalhamos redobrado, insatisfeitos. Procurando dar a volta, mostrar que foi um acidente de percurso. Este trabalho árduo nos faz melhorar. Quando não precisamos provar nada, acomodamo-nos. Mergulhados no conforto, certeza de ter chegado lá, estamos ameaçados, é posição perigosa, descuidamo-nos, abaixamos a guarda. Ninguém chega lá, o horizonte está sempre se distanciando. Não me esqueço de uma conversa com o cineasta Fernando Birri, criador da Escola da Santa Fé, um formador de jovens cineastas e documentaristas. Num festival de literatura e cinema em Rotterdam, há dois anos, ele dizia a respeito do sonho: "Tenho sempre um e estou sempre em busca dele. Quando me aproximo, vejo que ele se distancia e tenho de continuar. Estou chegando perto e ele está mais longe. E nunca paro de caminhar". O próximo texto, bom, perfeito, comovente, um texto que faça as pessoas se ajoelharem, este é o sonho que nos mantém vivos, caminhando.

Em 1987 eu passava por um surto depressivo, sem me dar conta. Superei por milagre, deixando o barco correr. Estava fora da imprensa havia oito anos, vivia de direitos autorais, de palestras, de algum dinheiro que chegava do estrangeiro, de artigos e crônicas ocasionais, de *free-lances*. Trabalhava a maior parte do tempo solitário em casa. Nada mais opressivo que as quatro paredes de um apartamento. Muitas vezes me surprendi no meio da sala, parado, sem me atrever a sair, sem voltar. Vinte minutos, meia-hora paralisado, sem me decidir. Não estava bem, não atinava com o problema.

Um médico poderia ter-me tirado dessa, mas quem admite que está deprimido? Há preconceito, principalmente por parte dos homens. O que me faltava era um projeto. Pela frente contemplava o vácuo. As viagens para falar com estudantes, que me davam tanto prazer – e que se tornam um vício, acabamos precisando das platéias, como de drogas – tinham diminuído e as que eu fazia não me traziam tanta satisfação. Comecei a me aborrecer com aviões e hotéis, trens, ônibus, carros de secretarias e departamentos, mesas redondas repetitivas, com o estar cercado de gente a perguntar sempre as mesmas coisas (como suportar após 30 anos de carreira que indaguem: "Como o senhor começou?"). Eu a responder e a dizer sempre o mesmo texto, pessoas a me dar livros, originais, pedir opiniões, comparecer a jantares intermináveis, comendo pizzas, maioneses, frangos e churrascos. Um dia, acordei em Brasília no Hotel Nikey, olhei o quarto, não me lembrava de ter chegado, lá fora era silencioso, entreabri a cortina, não reconheci a paisagem. Telefonei para a recepção e perguntei que cidade era aquela. Quem me atendeu desligou. No fundo, eu estava cansado de mim mesmo!

Através do Brasil em 1975

Essas viagens tinham-se iniciado em 1975, após o histórico ciclo de palestras no Teatro Casa Grande do Rio de Janeiro, quando pela primeira vez em plena ditadura se reuniram artistas plásticos, gente de teatro e cinema, ensaístas, professores, críticos e ficcionistas, para debater a cultura brasileira. Centenas de estudantes e professores aglomeravam-se na platéia, misturados ao pessoal do SNI e dos órgãos de informação. Após a noite de literatura (Com Antônio Houaiss, João Antônio, Juarez Barroso, Antônio Torres, Wander Piroli e eu), escritores começaram a ser convidados para falar em escolas.

Inaugurava-se um ciclo novo, os leitores passaram a ter contato com os criadores. João, Torres e eu formamos um trio e fizemos um périplo (palavra que nunca usei) através do Brasil. Passamos a ser convidados para bater papo com estudantes nos mais diferentes lugares do Brasil. Não houve cidade grande ou pequena, onde existisse universidade, cursinho de porte ou escola secundária com boa direção, que não tenhamos visitado. De Campos a Blumenau, Vitória, Porto Alegre, Bento Gonçalves, Ijuí, São Leopoldo, Bauru, Assis, Fortaleza, Campina Grande, Ribeirão Preto, Indaiatuba, Teresina, Aracaju, as platéias se sucediam. Às vezes chegávamos, convidados pelo diretório acadêmico, e a direção da escola, temerosa, tinha cancelado o encontro. Alegrávamos, era a mostra de que a literatura inspirava algum temor. Entristecíamos, era a nossa palavra cassada. João Antônio, o mais irado, furibundo, descascava o pau.

Fomos tomando gosto. Havia calor e afetividade, era um público que lia autores brasileiros. Ficávamos horas e horas fora de nossas realidades cotidianas, conhecendo pessoas interessantes (e chatas, claro), e penetrando pelo Brasil interior, tão diferente das capitais, tão oposto ao Rio de Janeiro e São Paulo. A geração que tinha entre 18 e 23 anos, naquela década, leu os brasileiros. Por outro lado, havia um grupo de escritores que nos criticava, ironizava, considerava-nos exibidos, megalômanos, não via o lado prático. E daí? Fazíamos o que nos dava prazer, ninguém tinha nada com isso.

Por anos, falamos e falamos. Até ficarmos saturados uns das falas dos outros. A tal ponto que, em Blumenau, reunimo-nos para uma avaliação. Quantas vezes tive vontade de terminar uma frase do Torres, quantas vezes o João Antônio quis responder uma questão dirigida a mim? Fizemos uma autocrítica violenta, nos pegamos. O que não levamos em conta é que era assim mesmo, dizíamos o que tínhamos a dizer, as platéias é que se modificavam. Quando tentei mudar o texto, perdi-me de tal modo que foi um fracasso, ninguém entendeu nada, eu parecendo palerma. De vez em quando me pergunto como Ney Latorraca e Marcos Nanini puderam representar *Irma Vapp* por sete anos seguidos.

Discutíamos livros e processo de criação, expúnhamos nossas vidas, inventávamos biografias e situações. Todavia passávamos uma situação muito mais importante. Como pertencíamos os três à mídia (João e eu, jornalistas, Torres, publicitário, já foi da imprensa), dávamos informações cuja divulgação a censura havia proibido. Éramos "arautos", a propagar informações vetadas. Talvez isto tenha ajudado nesta odisséia. Tornamo-nos *dependentes* de platéias, viciados em responder questões, querendo ganhar um leitor nesta cidade, cinco na outra, ansiosos para divulgar livros, fazê-los adotados e discutidos em aulas. Nos anos 60, uma das saídas para a música popular tinha sido o caminho das universidades, dos festivais de estudantes. O modelo funcionaria para a literatura? As platéias passaram a ser necessárias ao nosso sangue. Seja o que for, o costume se difundiu, poucos autores da geração dos anos 70 não viajaram para enfrentar auditórios.

Era uma coisa nova que funcionava. Apanhava-se o leitor à unha, como definia João Antônio. Quantas vezes escritores de diferentes gerações e tendências cruzaram em aeroportos, rodoviárias, hotéis ou restaurantes: Antônio Callado, Moacyr Scliar, Otto Lara Resende, Osvaldo França Júnior, Millor Fernandes,

Josué Guimarães, Fernando Morais, Márcio Souza, Lygia Fagundes Telles, Osman Lins, Alvaro Faria, Ziraldo, Mário Chamie, Tânia Faillace etc. Germinaram pelo Brasil as semanas literárias, com auditórios lotados, superlotados. Tornaram-se moda. Comovente. Não éramos ídolos de televisão, futebol ou MPB, e sim escritores, ofício marginalizado. Encontros como o de Ijuí (organizados pelo Deonísio da Silva), Aracaju (promovidos pela Iara Vieira e pela Ligia), Teresina (com o lutador Cineas Santos) – e mais tarde Passo Fundo – ficaram célebres pela concorrência. Restou apenas o de Passo Fundo, realizado a cada dois anos pela Tânia Rosing, com enormes dificuldades, e cada vez com mais público. Até mesmo o hoje arredio Rubem Fonseca chegou a participar, estivemos juntos no Rio Grande do Sul em várias cidades. Na década de 80, os encontros se deram também nos Estados Unidos e Alemanha, promovidos por *brasilianistas* da literatura.

Mais tarde, Arakén Távora montou para a IBM o projeto *Encontro Marcado*. Escritores foram levados às universidades do país inteiro, amparados por uma estrutura organizada, com cachês decentes, hotéis quatro estrelas e diárias. Ou seja, a profissionalização do que vinha sendo feito amadoristicamente. Até a IBM entrar em cena, viajávamos de graça, em troca de passagem, cama, comida. Dormíamos em casas de professores ou em repúblicas de estudantes. Mesmo porque há o conceito de que escritores não devem cobrar por palestras e conferências, a maioria acha que é um trabalho cultural, estamos "divulgando livros", vamos "ganhar fortunas em direitos autorais". Ou devo dizer preconceito? Não podemos cobrar por crônicas, nos pedem para escrever prefácios, orelhas de livros, trabalhos de escolas (porque são sobre nossos livros), solicitam entrevistas intermináveis. Toda esta história está por ser contada em detalhes. Por que quando se fala das artes nos anos 60 e 70 se esquece a literatura?

Voltemos ao futuro. A frase veio do subconsciente. As amigas de Maria Rita, minha filha adolescente, costumam dizer que tenho a cara do Doc (Christopher Loyd), o cientista sonhador do filme *De Volta para o Futuro* (*Back to the future*). Uma simples tontura me levou a um atalho distante do tema. Parece delírio febril. Passou o 5 de novembro de 1995, quando *O Anjo do Adeus* foi lançado, em noite quente e com lua cheia (para meu alívio) numa festa que reuniu mil pessoas e um conjunto musical (*Expedito e Amigos*, de Araraquara). Depois disso, as tonturas sumiram e concluí que tinha razão: apenas estresse, nada mais.

Os meses passaram. Em abril de 1996, elas retornaram, constantes. Nem me incomodavam tanto, porém intrigado, para me desobrigar, ter a consciência limpa, fui ao Ophir, meu médico. Ainda existe o clínico geral, que o examina e sabe tudo sobre você, sua família e seus antepassados. É uma classe que está retornando. Ophir me submeteu a testes elementares. Andar em linha reta, colocar a ponta do dedo direito no nariz, depois a ponta do dedo esquerdo, girar rapidamente a cabeça. Engraçado, é só alguém nos mandar andar em linha reta, para avaliar, e andamos torto. No dia anterior, eu tinha visto o filme *Acerto Final (The Crossing Guard)*, dirigido por Sean Penn, com Jack Nicholson no papel de um homem inconformado com a morte da filha. Numa das cenas, um policial, supondo que Nicholson esteja embriagado, submete-o aos mesmos testes. Ele passou. Eu também. O personagem não estava de porre e eu não tinha sinais de labirintite. Fui mandado para o otorrino, Mário Ruhman que repetiu os mesmos testes, colocou aparelhos, mergulhou uma sonda pela minha faringe, dissecou ouvidos, nariz, e chegou à conclusão de que labirintite não era. Desconfiado, trocou idéias com o Ophir.

Lembrei-me de que pouco tempo atrás, decidido a me manter em forma e aconselhado por amigos andei em busca da medicina ortomolecular, novidade em moda. Fui recebido num consultório luxuosíssimo, com serviço de chá e biscoitos e, fato raro, revistas atualizadas. O médico gastou comigo duas horas (também, o custo era quatro vezes o normal). Respondi a um questionário imenso, ouvi dissertações críticas sobre a medicina dos "outros", tive o dedo picado, o sangue posto em lâminas, ampliado na tela do computador. Assustei ao ver como radicais livres (nem entendi direito o que eram) infestavam meu organismo. Lembreime de uma empregada rústica que tivemos. Saiu de Pitanga, interior do Paraná, e bateu direto em São Paulo. Assombrada com a cidade grande. Tinha a mania de ir ao posto de saúde. Explicava no seu sotaque forte: "Meu problema é o xangue xujo, passo muito mal". Nenhum médico me definiu o que seja sangue sujo.

Talvez o meu seja, com esses radicais pululando feito loucos! Bela *mise-en-scène*. Saí com a receita: 24 comprimidos por dia. Um por hora. Tudo importado. Vendidos numa farmácia andares abaixo do consultório. Tive de alinhar os frascos, pela ordem, sobre a mesa da redação. Entre eles, a Melatonina milagrosa, "eficaz contra o estresse, a insônia, fortalecedora do sistema imunológico, auxiliar nas doenças cardíacas, protetora contra o câncer e a aids. Além de retardar o envelhecimento". De tempos em tempos, um medicamento ocupa a cena mundial. Depois do Prozac veio a Melatonina. Antes de ir para a cama, enfiava goela abaixo o meu comprimido, para dormir bem. Só que continuei com insônias ocasionais e fui-me empanturrando de vitaminas, engordando. Nem melhorei, nem piorei.

Cortaram meu cabelo e mandaram para ser analisado nos Estados Unidos. Descobriu-se que eu carecia de ferro, cobre, zinco. Os metais de meu organismo andavam enferrujados, por dentro eu era sucata. O recomendável seriam vinte aplicações, repondo os metais de que necessitava. Passaria as manhãs deitado, com um tubo me enfiando líquidos pelas veias. A US$ 200.00 por aplicação. Decidi cair fora quando Marly, a mulher de Oscar Colucci, um amigo publicitário, que fazia o mesmo tratamento, viu o braço dela enegrecer, como se estivesse gangrenado.

Antes de abandonar esta vertente, tive uma última consulta. Falei do número de comprimidos e o médico me mostrou que o propagador do ortomolecular tomava mais de cem pílulas por dia. Cinco por hora, caso não dormisse. Ou seja, passava o tempo a engolir comprimidos. Eu, hem? Acontece que a mídia começou a se ocupar da Melatonina, seus efeitos e contra-indicações. As pesquisas ainda não são completas. Estaria a Melatonina agindo em minha cabeça? Viriam dela as tonturas?

Como eu tinha tomado pouco, meus médicos descartaram a hipótese. Decididos por prosseguir com a investigação, pediram um exame mais abrangente, a ressonância magnética. Jamais tinha ouvido falar, avisaram-me que era incômodo. Percorri o livreto inteiro do meu convênio médico até saber onde se fazia o tal exame, caríssimo. Meu plano-empresa (Carta Editorial, que publica a *Vogue*) permitia. Não é tudo que permitem. Aliás, não se entende os critérios. Pode-se fazer uma ressonância que custa mil reais, mas não autorizam determinado exame de fezes, que custa oitenta. De qualquer forma, os atendimentos foram corretos.

Homem bala no seu canhão

Bati no Incor, o que me tranqüilizou. É confiável. Marquei com quinze dias de antecedência, a fila era enorme. Quando entrei no Instituto, chegaram-me à cabeça as imagens daqueles meses em que o Brasil seguiu o drama de Tancredo Neves, ali internado, em março de 1985, com o que disseram ser uma diverticulite. Por semanas e semanas aconteceu um festival do qual muitos médicos tiraram proveito, iluminados pela mídia. Os brasileiros lembram-se do porta-voz barbudo, comunicando várias vezes ao dia, ao vivo, o estado de saúde do presidente eleito. Boletins otimistas tranqüilizavam a população, enquanto Tancredo piorava. O porta-voz sabia que aquele momento era conhecido no país inteiro como *a hora da mentira*? Só por aquilo, chatíssima leitura oficial, um jornalista gaúcho, desconhecido, tornou-se popular, virou ministro, elegeu-se governador. Ele e José Sarney foram os que mais lucraram com a morte de Tancredo Neves. Pensava essas coisas para me distrair. Não dá para chegar ao Incor e não reviver aquela multidão à porta, de joelhos, fazendo vigília, orações conjuntas, acendendo velas e cantando hinos religiosos.

O Incor me impressionou pela limpeza e gentileza das recepcionistas. Descendo rumo ao setor de ressonância, percebi que a minha surpresa vinha do hábito de estarmos acostumados a nos tratarem como cães sarnentos nas lojas, restaurantes, bares, repartições, INSS. Por toda a parte, somos maltratados por funcionários grosseiros, ineficientes e arrogantes, que não sabem e não querem informar, não trabalham e ganham miséria para ficar ali. Apáticos, povo caipira (o próprio presidente nos definiu), não reclamamos, nos conformamos. Se é assim, que seja. Abaixamos a cabeça e somos malservidos. Vamos continuar a ser, até o dia em que alguém comece a dar tiros. Conheci hospitais como jornalista. Vi pobreza, indigência, sujeira, macas pelos corredores, falta de gente e de equipamentos, medicamentos vencidos, médicos esforçando-se para compensar a falta total de estrutura. Testemunhei absoluta negligência. Somos o país dos contrastes, dos exageros. Bancos entram no "pronto-socorro financeiro" e saem recuperados, saudáveis. Investem bilhões de reais para salvá-los. Bancos não ficam na UTI, não padecem na fila como os aposentados. Gente entra em hospitais públicos e morre. Para culminar, temos de pagar um imposto sobre cheques, destinado a cobrir o déficit da saúde.

Tudo nos assusta em hospitais. Nossa rotina foi quebrada, não há familiaridade alguma com os procedimentos, ficamos ressabiados, desconfiados do que está por vir. É a ante-sala do desconhecido. Apresentei a guia, a atendente começou a ficha. Nome, idade, escolaridade.

– Ignácio de Loyola?

Que bom, fui reconhecido, isto facilita.

– Não tem um santo com esse nome?

Ah, o santo! Ela não me conhecia, recolhi a vaidade.

– Tem. Meu nome é homenagem.

– Promessa da sua mãe?

– Não, nasci no dia do santo. Costume em casa.

– Era bom santo?

– Foi um baderneiro, depois converteu-se, tornou-se um homem disciplinado.

– Sou espiritualista, sabe?

– Bom....

– Sua altura.

E agora? Nunca soube minha altura, na verdade. Aos 19 anos, no Tiro de Guerra, me disseram que tenho 1,70 m. Fariam diferença alguns centímetros a mais ou a menos?

– Um metro e setenta.

Ela me olhou com ironia, mediu-me por alto, deve ter achado que não tenho 1,70 m.

– Peso.

Aqui deu certo. Na noite anterior, passei com a Márcia pela farmácia, ela viu a balança, jamais passou direto por uma. Aproveitei.

– 76 quilos.

Fazia tempo que um monte de calças não me servia mais, a barriga a crescer. Pensar que fui magérrimo.

– Está em jejum há mais de três horas?

– Estou.

– Sofre de claustrofobia?

– Acho que não. Ao menos nunca se manifestou.

– Tem problema com ambientes fechados, estreitos? Com elevadores?

Foi a minha vez de desconfiar. Olhei para trás. Lá estava o equipamento de ressonância, semelhante a um canhão inofensivo. Que diabo de pergunta era essa? Levado a uma sala, me enfiaram num pijamão cinza, de tecido grosso, calcei sapatilhas dessas de andar à noite pelo avião, em vôos internacionais. Fiquei à espera, consciente de meu aspecto rídiculo. Dava-me a impressão de ser um gari de prefeitura. Aí percebi que estava de melhor humor, em outros tempos eu me acharia um condenado no corredor da morte. Mandaram que retirasse tudo o que fosse metal, chaves, caneta, relógio, os cartões magnéticos do banco. Estranhos ruídos me chegavam, a recepcionista alertou:

– Não se impressione!

Por que deveria me impressionar? A RNM, ressonância nuclear magnética, é um exame em que, dentro de um cilindro, se produz um forte campo magnético que faz com que os átomos de hidrogênio do corpo liberem ondas de radiofreqüência, sendo que o computador transforma estas ondas em imagens. Deste modo se obtém uma radiografia do interior do meu cérebro. Passaram-se vinte minutos, uma enfermeira me acompanhou até o aparelho, deitou-me na maca de ferro, coberta por um lençol impecável, cheiroso, colocou tampões em meus ouvidos, fechou meu rosto com uma grade, me vi numa gaiolinha. Sei agora como se sentem os pássaros. Veio-me à lembrança o filme *O Máscara de Ferro*, baseado em Alexandre Dumas, com Louis Hayward. Dumas era obcecado por prisões e situações em que o homem se vê solitário. A prisão determinou toda a vida de *O Conde Monte Cristo*. Ficar pensando em literatura e personagens, enquanto me enfiam num tubo, como se fosse o homem-bala no circo? A enfermeira prendeu minha cabeça. "Não se mova, não force a cabeça." Pronto! Segurou minha cabeça, vem a inquietação.

– Se não se sentir bem, aperte três vezes este botão.

Colocaram uma pêra (antigamente se chamava pêra. Por quê? Nem tinham forma de pêra esses interruptores) e a maca entrou pelo tubo estreito. Por que a pêra? Por que tanta precaução? Que diabo de exame é este? Dentro, uma luz cinza, neutra. Tudo estreito, as paredes muito próximas me envolviam como uma casca. Uma ventoinha ronronava suavemente. Sensação de paz. Ouvi fecharem a ponta do tubo, aos meus pés. Foi o suficiente para despertar algo jamais sentido. Tornei-me prisioneiro. Não podia me mover, agarrei-me ao interruptor, com medo de que escorregasse de minhas mãos. Meu único contato com o mundo exterior, meu grito de socorro. A aflição me dominou. Que bobagem! Tenho de ficar apenas alguns minutos aqui, nada mais que isso. O tubo fechado, eu sozinho. Os operadores fora da sala, do outro lado de uma parede de vidro. E eu como um charuto Havana no tubinho de metal.

E se após minha morte acordo no caixão? Quantos casos de esqueletos encontrados revirados, ao serem abertos os túmulos, anos depois? Quantas histórias de terror. E os guerreiros antigos metidos em armaduras, tendo de defender a vida? E a tartaruga que se vê virada de costas, não tendo como desvirar? De que maneira Houdini, o lendário mágico americano conseguia escapar das correntes e dos baús? Como não sentia claustrofobia, lacrado num barril no fundo do mar? Como se sentem os astronautas encerrados naquelas cabines minúsculas, sabendo que rodarão semanas pelas galáxias? E os presidiários nas solitárias? Steve McQueen em *Papillon*, seis meses na solitária. E não enloqueceu. Burt Lancaster em *Alcatraz*. Tem gente forte no mundo. Por que não sou assim? Comecei a suar frio e entendi as perguntas da atendente. E se o interruptor não funciona, quebra justo agora? E se faltar energia, como vão me tirar daqui?

Até então, jamais estivera numa situação claustrofóbica. Mas agora percebia que, no inconsciente (olha aí a Karen Horney) talvez existisse alguma lembrança, porque, quando criança, na Araraquara dos anos 40, jamais atravessei, como os outros garotos, pelos tubos que a prefeitura deixava amontoados na rua ao instalar a rede de água. Ali brincávamos. Todo mundo se escondia neles. Até que um dia, um menino ficou entalado, não ia para trás nem para a frente. Para libertá-lo, só arrebentando o cano. Não encontraram o capataz com as ferramentas, tiveram de esperar. No dia seguinte, o menino estava em estado de choque, ficou tantã. Talvez já fosse, a gente é que não percebia. Disseram também que ficou bobo porque atravessou o canteiro oval do centro do jardim; era uma superstição. Estará vivo ainda o bobinho?

Em *O Anjo do Adeus*, o repórter Pedro Quimera, um dos personagens principais, sofre por estar escondido no vão escuro e mínimo de uma fábrica em ruínas (página 153): *"Começou a respirar forte, lugares apertados deixavam-no intranqüilo, tinha de sair logo, sabia que o cheiro infecto o tomaria, brotaria de seus poros. Via o rosto da mãe na outra extremidade, com o fio de ferro de passar roupa, que ela colocaria nas mãos do pai. Quando via o fio ser retirado da parede, ele corria para o grande cano de esgoto que desembo-*

cava num riacho, afluente do Tietê". As doloridíssimas surras com o fio do ferro elétrico substituindo o cinto. Ligações do subconsciente?

Eu ali, sozinho, metido no tubo, sem me mexer. Este é um mundo novo, experiência que devo conhecer. Mais uma. Semanas atrás, tínhamos comentado, Márcia e eu incomodados – ela percebe melhor as situações, mulher é boa nisso, tem intuição – com a vida tranqüila demais, plana, estranha, tudo no lugar. Sabíamos como era o hoje, como provavelmente seria amanhã. Nada a nos abalar, rotina demais, uma tranqüilidade perigosa, sem grandes sustos, emoções. Não podíamos prever que, em alguns dias, tudo estaria de pernas para o ar, com sustos, tremores, medos.

Por enquanto, era o tubo cinza, a luz esterilizada, a espera. De repente, metido naquele caixão *high-tech*, me deu taquicardia, comecei a suar. O receio cresceu e tornou-se medo, o medo-pavor, o pavor-terror. Tentei trabalhar com a imaginação, acionar meus delírios, arrisquei fantasias eróticas, da Sharon Stone pulei para Françoise Arnoul, uma atriz francesa dos anos 40-50, foi dela o primeiro seio que vi em cinema. Onde estará Françoise? As imagens fugiam, tentei coordenar idéias, buscando alguma em que pudesse trabalhar como conto. Queria lembrar coisas engraçadas, boas, que me levantam, pensei no sorriso luminoso de Márcia. Memórias de infância e juventude. Por que, nesta idade, lembranças remotas surgem facilmente? Penetrei em trechos de filmes e me senti participando do *8 e 1/2,* de Fellini, um de meus favoritos, com seus vários planos narrativos. Por que não colocam dentro do aparelho uma pequena tela de vídeo, para que pudéssemos ver um filme e nos distrair. A gente chegava, fazia a ficha, recebia um catálogo, escolhia o que ver, entrava na máquina.

Os ruídos começaram. Como alguém agitando pedregulhos dentro de uma lata. Ou uma britadeira, dessas que operários manejam nas ruas para furar asfalto. Os tampões me protegiam. A vibração me atravessava a carne, tomava o corpo, ressoava nos ossos e músculos da face, penetrava na cabeça, movia minhas pálpebras. "Está na hora, aperte o interruptor, caia fora, deve haver outro tipo de exame que forneça o mesmo resultado, por que suportar uma coisa destas? Não tenho nada, é bobagem, para que fui ao médico, onde me meti? Cada uma! Será que virei hipocondríaco? É demais!" Lutando contra mim mesmo, não apertava o interruptor. Sou homem ou sapo? O sapo vencia. O que quero provar? Não tenho de provar, ninguém sabe que estou aqui, vou cair fora. Recuava: "Fique quieto, precisa de experiências diferentes". Diferentes desta aqui. Fechava os olhos, não adiantava, tinha consciência de que estava aprisionado. Não me livrava da casca metálica.

Então a britadeira insistente fez tudo se dissolver, o ruído constante me relaxou. Barulhos ritmados, mesmo desagradáveis, podem conduzir-nos a um alfa? Deslocar-nos para uma região onde flutuamos desligados do mundo? Talvez por isso os operários nas ruas suportem a vibração infernal, sem tampões, sem proteção. O ruído deixa de ser ouvido, produz alienação, desligamento. Editei tanto tempo a revista *Planeta* na década de 70, devia ter-me aprofundado nos assuntos: desligamento, deixar o corpo, sensações extracorpóreas, zen, paz interior, budismo. Cristina Lombardi, prima de minha mulher, costuma dormir cada vez que passa pela ressonância.

Fui descontraindo. De vez em quando, o barulho desaparecia, surgiam estalos secos, como que marchas de um câmbio enferrujado, sentia que faziam ajustes de posição. Quando a claustrofobia ameaçava instalar-se outra vez, o barulho retornava, me libertava. Meia hora, dez minutos? Não importava o tempo, apenas o bem-estar. Deixei meu corpo, subi, viajei tranqüilo, sobrevoei o Incor, o Hospital das Clínicas, passei pelas nuvens, vi a cidade do alto, as ruas congestionadas. Livre, sem medo, em paz. Atravessei a grande camada cinza de poluição que cobre a cidade, uma fronteira espacial, manto permanente, e não havia nela aquele cheiro metálico a que estamos habituados e que deixa os olhos vermelhos, o nariz fechado, a garganta irritada. Eu não pertencia a este mundo, ele não me tocava. Pensei nos problemas do dia-a-dia, sem tensões. Prazos de fechamento da revista, instabilidade profisisonal, insegurança econômica, financiamento de minha casa, tonturas, pagamentos atrasados, telefonemas que esqueci de dar, nada me afetava. Voava. Fechava um olho e este olho passava a enxergar, enquanto o outro, aberto, ficava cego.

Senti que estava num sonho e não era o meu. Tinha invadido o sonho dos outros, adquirido a capacidade de circular pelos sonhos alheios. Por um defeito na mecânica, abriam-se brechas entre os sonhos de uma pessoa e os de outra e por essas brechas eu podia penetrar. O único com este poder. Sonhava e o sonho me colocava dentro de um conto que publiquei anos atrás na *Ícaro*, revista de bordo. Estava no sonho de um chinês, tentando decifrar o que me dizia, e ideogramas surgiam como legendas aos pés dele, o aparelho ficou em silêncio, abandonei o sonho, ouvi o clique, abriam o tubo, me liberaram, senti alívio. O último grande momento de serenidade num período de trinta dias. Soubesse, teria permanecido no aparelho, saltando de sonho para sonho, ao infinito. Até o momento em que, dentro de algum sonho, o sonhador acordasse e eu desaparecesse, não me encontrariam mais. Perder-se eternamente pelos sonhos, sem possibilidade de regresso. Seria isto a morte?

As chapas seriam analisadas por especialistas, os resultados sairiam em uma semana. Caminhei pela rua entre táxis, ambulâncias de prefeituras do interior descarregando doentes enfaixados, mancando, caminhando apoiados, levados em cadeiras de rodas. Há uma agitação enorme na região, as calçadas povoadas por camelôs, vendedores de sanduíches, pastéis, sucos, coco gelado, frutas, balas e biscoitos, telesenas, brinquedos. No ar, o cheiro de lingüiças grelhadas e carnes gordurosas chamuscadas. A Rebouças congestionada, ruidosa, tomada pela fumaça negra dos ônibus.

Passei os dias mergulhado na revista e na redação de *Oficina de Sonhos*. A vida de Américo Emílio Romi

Pode ser uma

dobra da artéria

cerebral direita.

Mas é mais provável

que se trate

de um aneurisma.

Aneurisma?

daria um filme ou série para televisão, tipo documentários que a TV Educativa ou o canal Discovery costumam exibir. Nascido em 1896, filho de imigrantes italianos, Américo produziu tornos, fez o primeiro trator brasileiro, inventou a *autolina* nos anos 30, combustível alternativo à base de álcool e gasolina e criou o Romi-Isetta, carrinho *cult* nos anos 50, derrotado pelos *lobbies* das montadoras internacionais. Uma boa história para mostrar a vida dos pioneiros, como o Brasil se industrializou a partir dos anos 50, de que modo o capital internacional penetrou, recebeu proteção, enquanto a empresa privada sofreu com a ausência de uma politica econômica coerente com os interesses do país.

Homens como Américo Emílio existem às centenas e a literatura não se ocupa deles. Um dos problemas da literatura brasileira é o de ter-se esquecido da história do Brasil, antiga e atual. Foram poucos os que buscaram seus temas dentro dela. Começam a surgir agora, pessoas como Deonísio da Silva ou Ana Miranda fazendo romances históricos. Hora também das biografias. Assis Chateaubriand, Mauá, Garrincha, Vinicius de Morais, Rubem Braga, João Cabral de Melo Neto, Tom Jobim tornaram-se livros. Contidos nesses livros existem assuntos para centenas de romances e novelas e contos intrigantes que revelam a imagem do país.

Dez dias depois, despreocupado e curioso, passei pelo Incor, para buscar as chapas. Nesta altura, tinha escrito para o jornal *O Estado de S. Paulo* uma crônica em que relatava a experiência no tubo de ressonância. A cópia do texto circulara pelo Incor e Hospital das Clínicas, reproduzida num jornalzinho interno. Recebi o enorme envelope pardo e caminhei até a Avenida Rebouças para apanhar um táxi. O motorista observou o envelope: "Tudo normal com os exames?". Disse que não gostava de abrir exames, a linguagem técnica me confundia. Conversando, ele contou das doenças em família, da sogra que tinha tido trombose, do pai que retirara um tumor, do cunhado que sofrera enfarte, da prima que fizera transplante de rins, da mulher que operara a vesícula. "Tenho prática, se quiser posso dar uma olhada no seu exame." Agradeci, arrependi. Seria engraçado ouvir o diagnóstico do taxista.

Conversas de táxis são irresistíveis. Engraçadas, curiosas, bem-humoradas, surreais, absurdas, místicas. Acabei contando que, na década de 60, tive hepatites seguidas. Era algo novo, não se sabia bem como tratar, mandava-se para a cama por uma eternidade, proibiam-se a gordura, chocolate, álcool, movimentos. Todos os dias comia bife na grelha com legumes sem sal. Na terceira hepatite, a Editora Abril, onde eu trabalhava, mandou-me para famosa clínica gastroenterológica, nas proximidades da Avenida Paulista. Fiz exames, litros de meu sangue escorreram pelas seringas, fui submetido a biópsias. Não me esqueço do momento em que a agulha penetrava para colher uma partícula do fígado. Perdia a respiração. Sofri também uma peritonioscopia. Abriram-me um buraquinho na barriga, um tubo-microscópio penetrou para observar o fígado.

A única coisa boa foi a injeção pré-operatória que me deram, Dolantina. Deixou-me no melhor dos mundos. Eu que estava com medo, olhei aquele instrumental e pouco me importei, podiam fazer o que quisessem. Quando tomamos medicamentos assim, entendemos porque alguém se droga. A paz com o mundo é total. Nenhum sofrimento, angústia, ansiedade, nirvana, paraíso. Este mundo filhodeumaputa desaparece, a vida surge como devia ser, pura felicidade, "só alegria", como diz Zé Maria, o padeiro da esquina de casa, um tipo sempre para cima, conhecidíssimo, amigo de todo mundo. Os meses passavam, os médicos do tal instituto não atinavam com a coisa, criavam novos exames, até o dia em que explodi: "Não posso mais, acabou meu dinheiro". Fui mandado ao quarto ou quinto andar para "resolver a situação". Cheguei lá, era a tesouraria. Colocaram à minha disposição um sistema de crediário, para continuar.

Durante essas hepatites eu costumava olhar os exames antes de entregá-los ao médico (na clínica não, jamais via, duvido que houvesse exames). E ficava mal ao ver resultados *anormais* que os médicos descartavam. As hepatites e a sacanagem do tal instituto me levaram a escrever o fragmento que, em *Zero*, tem por título:

A DENTADURA SALVA JOSÉ

Porque, a esta altura, odiava os médicos. O segmento de *Zero* é kafkiano, o real e o absurdo se misturam, sem que se saiba o que é um ou outro. Em ritmo alucinado, as imagens se sucedem no romance:

Façamos uma biópsia. Uma peritonioscopia. Imunofluorescência. Fezes. Urina. Wasserman. O Senhor está doente, muito doente. O que eu tenho? Nada. Então, não estou doente. Está doente e não tem nada. Estamos preocupados. Não conseguimos descobrir por que o senhor não tem nada.

Cheguei à *Vogue* liguei para Ophir, meu clínico:

– A ressonância está comigo.

– Leia o relatório.

Olhei as duas enormes chapas, de 35 x 43 centimetros, semelhantes a um contato em negativo. Em cada uma, quinze visões do interior de meu cérebro. Contemplei-as contra a luz das janelas, eram lindas, pareciam igarapés ou o fundo do mar nos filmes da Disney. As artérias semelhantes a enguias entrelaçadas. Exames assim deviam ser coloridos. Ambiente de vinte mil léguas submarinas.

Exame número S 4895. Idade 59 anos 8 meses e 11 dias. Peso 72 kg. Altura 168 cm. Superfície corpórea: 1,81 m². (A atendente não tinha mesmo acreditado nos meus 170 cm. Mas adorei saber a minha superfície corpórea.) Artérias carótidas internas, cerebrais anteriores e cerebral média esquerda de calibre e trajeto conservados. Pequena imagem de adição de cerca de 3 mm de diamêtro sacular, junto ao segmento M1 da artéria cerebral média direita. Artérias tortuosas, sendo a esquerda a dominante. Artéria basilar tortuosa. Artérias cerebrais posteriores de calibre e trajeto normais. Conclusão: Imagem sugestiva de aneurisma do segmento M1 da artéria cerebral média direita. A critério clínico conveniente correlação com arteriografia digital. Claudio Campi de Castro.

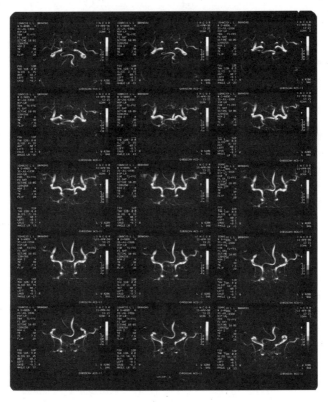

A chapa da ressonância disparou todo o processo

Oito linhas em linguagem científica. Fiquei impressionado. Artérias tortuosas. O que significam? As tonturas nasceriam aí? Qual a gravidade de ter artérias tortas? As conseqüências? Algum tratamento para corri-

gi-las? E aquele detalhe amedrontador? Imagem sugestiva de aneurisma com 3 milímetros de diamêtro. Será
que quer dizer que tenho um aneurisma? Eu? Deve
haver algum engano na imagem.

– Ophir, quer dizer aneurisma mesmo? Daqueles
que sangram e matam?

– Leia de novo.

Li, devagar na frase do aneurisma. Ophir demons-
trou cautela.

– Calma! Temos de consultar um especialista. Pode
ser uma dobra na artéria, a imagem se assemelha a um
aneurisma. Também se for um aneurisma de 3 mm,
tudo bem.

– Como tudo bem? Aneurisma?

– São mais comuns do que você pensa. Cinco por
cento da população tem e nunca se manifestam.

– Se o meu se manifestar?

– O melhor é trazer o exame. Hoje mesmo! Vou
olhar, consultar neurologistas aqui do Einstein, depois
conversamos.

Eu bloqueava, ele disfarçava. Não fiquei inquieto naquele momento. Agarrei-me àquele diâmetro de
3 milímetros. Claro que era de 3. Por que deveria ser
maior? Aneurisma. A definição do Aurélio Buarque, a
mais fácil, diz: *Dilatação circunscrita de uma artéria.*
Os médicos falam em *dilatação sacular na parede*
de uma artéria cerebral. Uma parede da artéria se
adelgaça, formando pequena bolha, onde o sangue se
acumula. Essa bolha pode se romper sob o efeito de
pressão alta, de uma grande tensão, ou simplesmente

45

pela sua fragilidade. Rompendo-se, vem o sangramento, o sangue invade o cérebro. Oitenta por cento mortal quando explode. Ou provoca seqüelas graves, que vão da paralisia à perda de raciocínio, mudez, cegueira.

Eu era a última pessoa do mundo que teria um aneurisma. Sempre foi o que mais temi. O que me deixava aterrorizado.

Desde a morte de Cacilda Becker. Ela desmaiou no palco durante a representação de *Esperando Godot*, de Becket, em 1969. A maior atriz do Brasil. Morreu dias depois. Tinha apenas 48 anos. O aneurisma não se manifesta, não apresenta sintomas. É uma cobra, dá o bote, rápido e silencioso. Explode súbito. No final do dia, Márcia me apanhou (não dirijo) fomos para o hospital. Ophir colocou as chapas no quadro de luz. Não quis dar opinião, "não é minha especialidade, precisamos investigar". Ligamos para o neurologista Getúlio Rabello. Estava viajando, chegaria no final da semana.

Naquele sábado, Márcia e eu fomos para a casa de praia do Ophir, em Iporanga, próximo ao Guarujá. A preocupação começava a me envolver. Tentava não pensar no assunto. No entanto, nada era natural, não curtia o mar, o silêncio, não prestava atenção às conversas. Ophir, diante de uma cerveja, garantiu que se o aneurisma fosse maior, teria de ser operado. "Há uma possibilidade de ter 3 mm, mas a chapa mostra o interior da artéria. O que vimos nela era o sangue, os 3 mm são internos. Por isso temos de ir até o fim."

Bem-comportado, contraventor

Estava penetrando no círculo de horror. Ir até o fim não prenunciava boa coisa. A cerveja perdeu o gosto, o final de semana foi passado como se eu vivesse dentro de uma bolha, desliguei-me de tudo, na antecipação do que poderia vir. O pior é a imaginação. Tem gente que descarta, encara numa boa. No meu esquema, dramatizo, prenuncio tragédias. Faço isto no dia-a-dia, para as coisas mais insignificantes. Se recebo um envelope da Receita Federal, tremo. Acho que caí na peneira do imposto de renda, mesmo não devendo nada, sou daqueles caxias que têm medo dos trambiques. A atriz Imara Reis me definiu como o bem-comportado que incorpora a alma do contraventor, e se assusta, achando-se culpado. O mundo me intriga. Imara me visitou em Berlim quando morei lá, e me observava ao cruzarmos o muro para passear na então RDA, o lado comunista. Na fronteira, eu agia como espião apanhado em flagrante e destinado ao fuzilamento.

Nunca me esqueço dos olhares acusadores dos policiais da fronteira, mudos, carimbando passaportes. Não me conscientizava de que para eles, encerrados em seus cubículos, horas e horas, todos os que ali passavam eram "inimigos do regime", suspeitos. Havia inveja, ódio de nossa liberdade, ainda que eu me perguntasse: Que liberdade é esta, se em Berlim Ocidental sabem até os telefonemas que dou, as viagens que faço, quanto tenho no banco? Olhares gélidos lançavam os visitantes num lodaçal de insegurança e neste clima se penetrava em Berlim Oriental. Era uma técnica. Somente quem enfrentou aqueles rostos impassíveis pode entender a perplexidade que havia nos rostos da polícia da RDA, os Vopos (*Volks Polizei*, polícia do povo) ao contemplar a queda do muro, em novembro de 1989, ao se darem conta de que o mundo virava de ponta cabeça e Berlim Oriental tornara-se território livre. Ao ver as pessoas penetrando no muro por buracos abertos a picareta, até então um crime. Quantos morreram ao tentar atravessar aqueles muros entre 1961 e 1989? De um momento para o outro, os Vopos se viram esvaziados. Ruía tudo o que fizera sentido na vida deles.

Agora, aqui estava eu, sentindo o mesmo desconforto que me acompanhava quando caminhava pela RDA, temendo ser apanhado (mas apanhado em quê, meu Deus?). Ainda não tinha atinado com a realidade, me apegava àqueles 3 milímetros. Confiava neles.

Não seria necessária a cirurgia.

O aneurisma não ia sangrar.

Talvez nem fosse aneurisma. Ophir lançava no ar uma frágil esperança. "Pode ser dobra da artéria", o analista da ressonância admitiu ao telefone.

De repente, 3 milímetros representavam na minha vida um terreno extenso, mergulhei nele, fiquei quietinho, me acalmando. Quando queremos, criamos um mundo para nos proteger, por mais falso que seja. Temos a incrível e maravilhosa capacidade de nos defender, caminhando fora do real. Quem quer realidade o tempo inteiro? A realidade é insuportável e não somos heróis, somos apenas humanos e fracos. Nestes momentos a vida se mostra em todo seu mistério e fragilidade. E afirma que não temos controle sobre ela, por mais que queiramos. Ela tem seus caminhos próprios, escondidos, atalhos, becos, cuja existência tem um só sentido: reduzir-nos à humildade.

Os aneurismas e as injustiças. De repente, caíam-me na mão notícias e notícias a respeito deles. Ficamos com os olhos mais abertos? Ou passei a dar atenção porque o assunto me tocava? No fundo é assim com tudo na vida, passamos indiferentes às coisas até o momento em que elas interferem na existência, perturbam o cotidiano. Como a história de Jonathan Larson, o jovem autor de *Rent*, o maior sucesso musical da Broadway em 1995. A peça gira em torno de 14 personagens, todos portadores de aids. Larson batalhou de 1989 a 1995 para vê-la encenada. Viveu miseravelmente em um *loft* novaiorquino, sofria do estômago e não conseguia alimentar-se. Morreu de aneurisma, pouco antes da estréia. Nas primeiras nove semanas, *Rent* arrecadou 9 milhões de dólares nas bilheterias, tornou-se *cult*. Larson não viveu a glória. Por causa do aneurisma. Ou o diretor e dramaturgo brasileiro Jayme Compri que morreu aos 33 anos, em 7 de fevereiro de 1996, em Londres, onde cursava mestrado em dramaturgia contemporânea no Goldsmiths's College. Compri tinha prontas seis peças, sendo que uma delas era sobre o poeta Manoel de Barros.

Senti-me atraído por um livro comprado há anos e jamais aberto: *O Romance da Ciência* (*Broca's*

49

Brain), de Carl Sagan. Ele inicia com uma visita a gabinetes praticamente abandonados do Museu do Homem, em Paris, onde deparou com centenas de frascos contendo os cérebros de pessoas as mais variadas. De assassinos a professores, estadistas etc. Um dos vasos cilíndricos continha o cérebro de Paul Broca, neurologista e antropólogo, homem que realizou notáveis trabalhos no tratamento de aneurismas e patologia do cérebro. Broca, segundo Sagan, morreu em 1880, vitimado possivelmente por um aneurisma, sobre o qual era especialista.

Três milímetros. Que força tinham esses míseros milímetros, merdinhas na escala métrica. E como perdi tempo me agarrando a eles, em lugar de preparar minha cabeça. A cada momento pensando: Melhor encarar essa! Procurar me habituar à idéia, acostumar a cabeça. Devia ter escrito nas paredes de casa, bem grande:

> # Tenho um aneurisma que pode ser mortal ou catastrófico! Enfrentar a cirurgia!

É fácil avaliar situações, depois que passaram. Tudo se agitava velozmente, não havia tempo para raciocínios claros, cabeça fria. Nada concreto. A diferença entre nós, os comuns, e os grandes homens está na capacidade de analisar friamente o real, encarar a situação, qualquer que seja, individual ou coletiva, e partir para a ação, remexer os problemas, decidir logo. Demoramos, rejeitamos, fugimos. Às vezes, penso também que esta é uma característica de gente classe média, pois tenho visto pessoas muito simples, maltratadas pela vida, superarem situações arrasadoras, sem se deixarem destruir. Quantas vezes, nos telejornais, vemos pessoas que tiveram as casas destruídas por inundações e deslisamentos, olhando para a câmera e dizendo: Vamos recomeçar de novo! Quantas vezes recomeçam? Quantas vezes a vida tira tudo e eles se mantêm de pé? Onde encontram forças, de onde vem essa esperança inesgotável? Vai ver estão de tal modo destruídas que não há mais buraco abaixo delas? A morte, por exemplo, não anula nenhum privilégio, elas possuem tão pouco, quase nada. E no entanto, sabem viver, desfrutam alegrias e prazeres. Alegrias e prazeres que consideramos pequenos, porque fomos estragados, arruinados por fraudes em matéria de valores.

O primeiro encontro com o neurologista Getúlio Rabello na Beneficência Portuguesa foi às 20 horas de uma sexta-feira. Que paciente no mundo viu seu horário de consulta bater direitinho com o marcado? E não é coisa brasileira, não! Na Alemanha, onde são tão ciosos de sua pontualidade, vi pessoas resmungando nos consultórios e olhando raivosamente os relógios. Quem resiste a desfiar um rosário de aflições, uma vez que o médico está à disposição, tão solícito? A consulta estava marcada para às cinco e meia da tarde, porém clientes anteriores foram atrasando, fiquei sentado numa sala vazia. A enfermeira terminou o plantão e se foi, era final de semana. Uma velha humilde e seu filho chegaram, queriam uma informação, ela precisava trocar um marca-passo e tinha recebido um telefonema do hospital, ninguém conseguia descobrir do que se tratava. Aliás, nunca vi incompetência e grosseria maiores do que na seção de informações da Beneficência.

Chapas na mão, eu ouvia a voz grossa do Getúlio numa sala anexa. Tinha combinado com Márcia e Maria Rita um lanche no Shopping Paulista às sete da noite. Já eram sete e meia, tentei ligar, desisti, era preciso um código para ter acesso à linha. Ilhado numa sala de paredes nuas. A ala se esvaziou totalmente, de fora vinha o barulho de botijões de gás batendo um no outro e panelas e caçarolas sendo manipuladas. Hospitais desertos, à noite, são melancólicos, trazem a sensação de abandono. Cheio de fome, estive a ponto de desistir, quando fui chamado. Oito horas.

O neurologista falou extensa e intensamente sobre labirintite. Fez testes, preencheu uma longa ficha, disse tudo o que podia e não podia sobre minha saúde, examinou meus ouvidos, mostrou-me desenhos dos tímpanos, e recomendou exercícios para eu fazer na cama, a fim de afastar a tontura. Receitou Trental durante 21 dias. Mandou que eu prosseguisse com o Norvasc 5, recomendado pelo Ophir para a pressão alta. Esta pressão tinha surgido há dois anos e comecei a tomar Renitec, até que o organismo pareceu se acostumar, não fazia mais efeito. Ao ler as bulas, telefonei ao Ophir. Nelas se dizia, entre outras, que Renitec podia provocar acidente vascular cerebral, alteração do paladar, cãibra, confusão mental, cor amarelada da pele e dos olhos, depressão, desmaio, diarréia, erupção na pele, fadiga, falta de apetite, impotência sexual, problemas nos rins, queda de pressão ao mudar de posição, queda no sódio do sangue, sensibilidade à luz, tontura, zumbido nos ouvidos, tosse. Quer dizer, teria pressão baixa, mas seria um morto vivo! O médico me deu uma bronca: "Quem mandou ler bulas?".

Rabello apanhou as radiografias, colocou no quadro de luz:

– É aneurisma!

E eu, boca seca:

– Não pode ser uma dobra na artéria?

– Não. É aneurisma mesmo!

– De que tamanho?

– É o que vamos verificar.

– Se for pequeno, não vai ser preciso cirurgia!

Eu afirmava, querendo impor.

– Vamos fazer mais um exame para localizá-lo bem e ver o tamanho exato. Quero uma angiografia.

Outra informação que me colocou em pânico: tratava-se de um cateterismo através da artéria da virilha. Ou seja, iam me enfiar um tubo pelas veias. O que me deixou incomodado.

– E a cirurgia?

(Tomara tenha 3 milímetros.)

– Para segurança da sua vida, é o melhor. Mas esta é uma decisão pessoal. Você pode ter esse aneurisma desde que nasceu. E pode morrer, sem que ele sangre. Muitas vezes, nas autópsias, são descobertos aneurismas nas pessoas, sem que eles tivessem sido a causa da morte.

Se tiver os 3 milímetros, não opero, pensei, visualizando médicos serrando minha cabeça, abrindo um buraco. A dor, o pós-operatório, tubos no nariz, na garganta. Não tinha a menor idéia de como era a cirurgia. E com o sentido de tragicomédia que trago desde o nascimento, dramatizei e sofri por antecipação. Somos masoquistas ou tendemos para a autopiedade? Ao mesmo tempo, percebi uma estranha sensação. A minha vida estava sendo agitada, iniciava-se uma virada, a monotonia extirpada.

Eu fui Luis Fernando Verissimo

Saí de novo à cata de um lugar onde se fizesse uma boa angiografia. A intranqüilidade passou a conviver comigo. Exames, exames. Rabello tinha indicado o Hospital Santa Catarina e ali eu tinha boas relações. Acabara de escrever um prefácio para a história da instituição, administrada por uma ordem religiosa, que contribuiu para a modernização do sistema hospitalar em São Paulo. Fui atrás da Amil, o Santa Catarina estava dentro do meu plano. Planos de saúde deixam-nos em suspense, nunca sabemos os nossos direitos, de nada adianta ler os contratos, surgem cláusulas inesperadas, adendos. Liguei para a direção do hospital e me encaixaram logo. Tratando-se de aneurisma, viram que havia pressa.

No Santa Catarina, de manhã, fui conduzido a uma ante-sala para os preparativos. Minutos depois, entrou uma jovem sorridente, disse que tinha lido meus livros, não perdia a crônica dos domingos, estava contente por me ver ali. Corrigiu logo, levemente constrangida: "Contente por te conhecer, entenda!". Era tão simpática e naquela minha carência, lutando para não sentir o ambiente hospitalar, fiquei agradecido pela recepção. Hospitais me deixam inquieto, trazem visões de uma tarde em que um banco caiu no meu pé, esmagou um dedo, e minha mãe me levou à Santa Casa em Araraquara. Criança ainda, devia ter 4 ou 5 anos. 1940 ou 1941. Ao entrar, vi ao meu lado uma mulher agredida pelo marido. Tinha ainda o machado enterrado nas costelas e o sangue ensopava tudo. Na época, violência não fazia parte do cotidiano, nem na vida real, nem através de filmes ou de televisão (esta nem existia no Brasil). O mundo interiorano era pacífico e devagar, agressões e mortes não-naturais eram grandes acontecimentos, movimentavam a cidade, agitavam tudo. Aquela imagem faz parte de minha formação, assim como a manhã em que vomitei a hóstia, causando um terremoto no coração de minha mãe. Da hóstia me libertei, coloquei o episódio em *Zero*. A outra permaneceu, vou precisar de muitos livros para expurgar tudo.

Nesse momento tive o primeiro vislumbre concreto de que este provável aneurisma (havia em mim, forte, a esperança de que a ressonância tivesse mostrado apenas a dobra de uma artéria, como supusera Ophir) poderia encurtar minha vida. Foi um rápido *insight* de que talvez eu tivesse cumprido meu ciclo, estava na hora de me retirar. No entanto, essa retirada não podia ser de outro modo, rápida? Como aconteceu com o Dedeto, apelido do Luis Roberto Salinas Fortes, amigo de juventude em Araraquara, professor de filosofia, tradutor e especialista em Sartre (*As Palavras, A Conferência de Araraquara*), escritor. Sofreu durante a ditadura, foi preso, torturado. Numa festa, certa noite, o copo de vinho na mão, Dedeto caiu, fulminado pelo coração. A morte ideal, a pessoa nem se dá conta. Estamos e no instante seguinte não estamos. Ruim para quem fica, para quem leva o choque repentino. Mas quem fica se arranja, está vivo, e é o que interessa, um processo químico-psicológico elimina as toxinas e a amargura, o vazio da ausência.

Será que eu teria de passar por um processo doloroso, cheio de sofrimento, perturbando todo mundo em volta? Minha neurose, meu mal, enorme defeito, foi a preocupação de nunca incomodar. Por isso, nos meus livros extravaso esse sufocamento, perturbando o leitor o mais que posso? Teria de passar pela experiência de enfrentar a morte, visualizá-la por perto, rondando? Desfazer-me aos poucos me apavorava.

Irmã Lia, diretora do Santa Catarina, veio me visitar. Mulher de olhar suave, expressão decidida, um sorriso econômico e sincero. Pegou nas minhas mãos. "Não fique nervoso, mandei todas as freiras para a capela, estão fazendo uma oração por você. E tenho um presente, a imagem de nossa padroeira." A imagem, de trinta centímetros, está agora sobre a minha estante. Aos pés de Santa Catarina vemos a roda, símbolo do seu suplício. Distraí-me por um tempo, lembrando que em 1983, em Roma, fiz um passeio pela cidade antiga com Nino, o marido de Luciana Stegagno Picchio, professora da Universidade de Roma e das maiores especialistas e defensoras da literatura brasileira na Europa. Entramos na Igreja de Santa Caterina Della Rota, percorremos estreitos corredores frios, tomados pelo cheiro característico de terra e umidade de subterrâneos. Na saída, numa pequena banca havia o postal de uma mulher atada a uma roda de facas. Sabendo que coleciono cartões, Nino me deu um, dizendo: "Santa Catarina morreu decapitada, após resistir à tortura numa roda de pontas".

Na verdade, aquela igreja, erguida em 1186, tinha o nome de S. Maria in Catenariis, porque era o anexo de um hospital para prisioneiros resgatados das prisões (catena, cadeia) sarracenas. Por corruptela, na linguagem popular, a igreja terminou sendo de Catarina de Alexandria. Existem várias santas Catarinas, a de Bolonha, a de Gênova, a Ricci, a Labouré, a de Siena e a de Alexandria. Esta é a da roda, padroeira do hospital, cuja história é fascinante, um romance *best-seller*, folhetim para comover. Daria novela de televisão. As vidas dos santos eram puro realismo fantástico. Quem disse que os hispano-americanos inventaram o gênero? Ou ninguém disse? Quando pensamos na violência de hoje, esquecemos (ou não conhecemos) a violência do homem antigo.

Fui investigar Santa Catarina ao escrever o prefácio da história do hospital. Era uma nobre de Alexandria, cidade fundada por Alexandre, o Grande, mais tarde transformada em capital da província romana no Egito. Filha dos reis da Cilícia, foi convertida ao cristianismo pelo eremita Ananias. Belíssima, Catarina recusava os pretendentes pagãos que a pediam em casamento, enfurecendo-os. Enciumados, estes a denunciaram ao imperador Maxêncio (Marcus Aurelius Valerius Maxentius). Ele tentou obrigá-la a adorar os ídolos, ela se recusou e começou a ser perseguida. A ira do monarca, a esta altura apaixonado pela beleza e personalidade daquela mulher, aumentou quando Catarina, mulher culta, derrotou cinqüenta filósofos numa discussão. As conseqüências deste fato devem ter sido extremamente dolorosas para ela: Maxêncio mandou queimar os filósofos.

Encerrada na prisão, Catarina teve a visão de Cristo. Flagelada todos os dias, sobreviveu, alimentada por uma pomba. Cada vez mais bonita. Condenada ao suplício na roda, deu-se um prodígio. O aparelho consistia em quatro rodas com facas e pontas de ferro, que despedaçavam os prisioneiros. Torturas eram um dos divertimentos, assistir a elas um privilégio na corte.

Acontece que a roda explodiu e muita gente foi morta ou ferida pelos estilhaços. Centenas de soldados caíram de joelhos, converteram-se. Tiveram a cabeça cortada na hora. Maxêncio não brincava em serviço. Completamente fora de si com a vitória de Catarina, ordenou que a decapitassem. Das artérias jorrou leite em lugar de sangue. Os anjos a conduziram ao monte Sinai, onde se ergue hoje um mosteiro em sua homenagem. Santa Catarina, virgem e mártir, foi padroeira da faculdade de teologia de Paris e é hoje a protetora das moças.

– Vou te preparar para a tricotomia!

Um jovem auxiliar de enfermagem, expansivo e sorridente me tirou da viagem que eu fazia pela Alexandria. Tricotomia? Terei de fazer tricô com ele? Tricotar é tagarelar, fazer fofocas. Logo eu, tão desajeitado para trabalhos manuais? Logo descobri, numa saleta ao lado. O moço vestiu luvas de borracha e começou a me depilar as virilhas. Então, tricotomia era isso, depilação. Imaginei as mulheres chegando ao instituto de beleza: "Hoje, só tricotomia das axilas, das coxas". Contaram-me que se faz até das nadegas. Vesti um avental branco, deitei-me na maca. Minha boca seca. Como seria esse cateterismo pela artéria das virilhas? Um parente, o Paulo Machado, teve problemas do coração, começou a fazer exames. Um sujeito nervoso, é coisa da família. Quando o médico comunicou que iam fazer cateterismo, Paulo começou a passar mal. Cada vez pior. Terminou com um enfarte.

Sempre me disseram que quando o cateter começa a penetrar na artéria sentimos um calor muito grande. Foi um percurso cheio de expectativa até entrar na sala de cor creme, se não me engano. Nada tinha de assustadora. Passei para a mesa, o anestesista conversou sobre livros, ele e o filho gostavam do que eu escrevia, tinham devorado o *Comédias da Vida Privada*. Fiquei quieto (também já estava meio dopado), deixei-o pensar que era o Luis Fernando Verissimo, não podia desapontá-lo, ia ficar frustrado, podia errar a mão nos anestésicos. Parece que dormi, parece que fiquei semi-acordado, ouvi sons, não ouvi nada, estava escuro e havia luzes, penetrei num limbo agradável. Acordei com o jovial auxiliar da tricotomia fazendo um curativo e recomendando: "não se mova por seis horas, para não provocar um hematoma na virilha". Não houve dor, a sonolência prosseguiu tênue, fui levado ao apartamento, lá estavam Márcia e minha prima Marilda, as duas são como irmãs, até se parecem. Passei a tarde entre desacordado e excitado, o esparadrapo largo me incomodava, queria fazer xixi. Nada mais desajeitado que fazer na comadre, ou no papagaio. Xixi direito é de pé. Não é machismo, a posição favorece.

Liberado no final da tarde. Toda a equipe presente, para me dar alta. Isto para um exame, imagine a multidão que vai haver ao me operar, quando me serrarem a cabeça. Confessei ao anestesista que o livro *Comédias da Vida Privada* não é meu, ele sorriu: "É, me enganei, lemos *Cadeiras Proibidas*". Bem, é a minha comédia da vida privada. Coloquei nele o cotidiano absurdo dos anos 70, tempos de militarismo bravo. De qualquer modo, devo ao humorista gaúcho uma perfeitíssima anestesia. Trouxeram uma cadeira de rodas.

– Posso ir a pé!

– Não pode! Temos de levá-lo!

No curioso livro *Strip-Tease*, de Carl Hiaasen que deu origem ao mau filme com Demi Moore, o vilão da história, Darrel Grant, persegue a mocinha, praticando toda sorte de maldades. Ruim para danar, costuma roubar cadeiras de rodas de velhos e inválidos. O homem é perverso, mesmo. Nunca tinha andado numa cadeira, me vi conduzido pelos corredores e quando cheguei ao saguão, cheio de gente, tive vergonha. É a sensação de invalidez. Num mundo de pessoas sadias, somos inferiorizados. Os médicos que fizeram a angiografia trouxeram as chapas, perguntei ansioso:

– Então, existe o aneurisma?

– Existe.

– É grande?

Esbarrei na ética médica. O doutor José Maria não podia me responder. Disse apenas uma frase que me deixou mais inquieto:

– Seu médico explicará tudo. Cabe a ele analisar o que encontrei.

Insisti, atônito.

– Preciso operar? O que o senhor acha?

Delicado, lacônico, ele me entregou as radiografias.

– O seu médico dirá os procedimentos.

Atrás dele, um jovem da administração, piscou o olho, disse baixinho: "É pequeno". Ou seja, o aneurisma existia, restava a esperança: é pequeno. Nela me agarrei. Os 3 milímetros continuavam uma possibilidade. Entendi o que significa para o condenado à morte, cada nova apelação, cada adiamento da execução. Agarramo-nos em migalhas, apoiamo-nos em palhas, tudo é salva-vidas. Jamais pensei que pudesse ter tal apego, que descobrisse em mim, sempre cético e até apático, tal força. Confuso, não entendia o que se passava. Existia vaga ameaça no ar e não gosto disso, ninguém gosta, o céu tem de estar limpo. À minha frente, estendia-se o desconhecido, as coisas deixavam de ser familiares, mergulhava numa esfera cheia de códigos que eu não dominava. Ao mesmo tempo, era excitante, a vida se movia, se modificava, a mesmice dos dias era alterada. Qual o resultado?

Abri os exames antes de marcar o neurologista. Quem resiste? Li a análise do médico José Maria Freitas:

"Presença de pequeno aneurisma, localizado na bifurcação da artéria cerebral média direita, projetando-se para a frente e lateralmente, sem espasmo arterial associado. O ramo superior da artéria cerebral média esquerda contorna posteriormente este aneurisma e junto a ele dá origem a um pequeno ramo perfurante. Este ramo da artéria cerebral média dificulta a identificação precisa do colo aneurismático. Não se observam outras anomalias vasculares visíveis."

Bem, o filho da mãe está ali. Ele precisa me dar um tempo, não estourar. Mas de quanto tempo disponho? O que provoca o sangramento?

Quando entrei de novo no consultório de Getúlio Rabello ele se admirou, sorriu:

– Você foi rápido. Nem precisava tanta pressa!

Percebi como eu conduzia a situação. Estava lutando pela vida, ainda que aparentasse indiferença.

Rabello colocou as chapas no quadro de luz, analisou, chamou dois neurocirurgiões do departamento, o Walter Pereira e o Godoy, *top-names* em matéria de aneurismas. Os três foram unânimes. Aneurisma. De bom tamanho.

– E o que devo fazer?

– Cirurgia.

– Nenhuma outra solução?

– Infelizmente, não!

– De quanto tempo disponho?

– Ninguém sabe.

– Pelo tamanho, pelo jeito... Posso esperar? Tentar alguma coisa?... Não existe um medicamento que dissolva o aneurisma?... Alguém me disse que se pode operar através de um cateter, sem precisar abrir a cabeça...

Eu tinha lido em alguma parte – são tantos os *releases* sobre saúde que chegam às minhas mãos na *Vogue* – sobre uma nova técnica: microcateteres que, navegando pela corrente sangüínea, chegam ao interior do aneurisma. Corretamente posicionados, eles conduzem micromolas de platina que preenchem todo o aneurisma, provocando a oclusão e evitando o sangramento. Esta técnica dispensa a abertura do crânio e a manipulação do cérebro. Tudo é feito através de uma punção na artéria da virilha. Perguntei ao doutor Rabello sobre essa possibilidade. Eu queria escapar, de qualquer maneira. Vai ver ele tinha se esquecido dessa possibilidade. E ele informou que existe essa técnica, em evolução, mas que ainda apresenta riscos, o aneurisma teria de ser menor. E foi incisivo.

– Daqui para a frente é com o neurocirugião. E não demore. Não conhecemos o disparador desse aneurisma.

Havia nas suas palavras uma ameaça. Subitamente, eu estava tão sensível que o tom das palavras era essencial, podia me lançar para o alto, ou para o fundo do poço. A vida parou. Estacionou. Penetrei num limbo. Nenhum pensamento me ocorria, eu não via nada pela frente. Não era escuro. O clarão a minha volta atordoava.

– Evite ansiedades, tensões, controle sua pressão ao máximo. O único e o melhor conselho que posso dar é: não percà tempo. Pode ser uma luta contra o relógio. Você está andando em campo minado!

Sentença de um tribunal. Estive quieto nessa consulta, Márcia fazia as perguntas, pedia detalhes. Fiquei passado, largado na cadeira. Nocauteado, ouvia o juiz contar 6 – 7 – 8, sem querer me erguer e continuar a luta. Por que uma coisas destas me acontece?

Por que tenho o que mais temi a vida inteira?

Por que comigo? O que fiz? Mereço? E agora?

Recebi o conselho: "Consulte outros neurologistas, não fique com uma só opinião, tire a média". As primeiras orientações me foram dadas pelo Paulinho Dorsa, primo irmão da Márcia, neurocirurgião de primeira. "Tenho mesmo de operar?" Ele confirmou. Como é sujeito em quem confio, vi que estava selada a sorte. "E você me opera?" Nas mãos dele estaria mais tranqüilo, todavia Paulinho é especializado em tumores. As imagens retornaram: minha cabeça serrada,

SE FOR UM
ANEURISMA
DE 3 MILÍMETROS
NÃO VOU PRECISAR
DE CIRURGIA!
ELE TEM
3 MILÍMETROS.
É PEQUENO.
TEM DE SER!

artérias cortadas e costuradas. E se não resisto à anestesia? E se tenho um choque anafilático? E se fico paralítico?

No domingo, 26 de maio, escrevi em *O Estado de S. Paulo*, na minha coluna no caderno Cidades:

"Sei como se sentem as belas jovens que, sonhando ser modelos, fazem via-sacra entre estúdios, agências e editoras, o *book* debaixo do braço, ansiosas nas entrevistas. Rostos tensos enquanto os álbuns são avaliados. Naqueles *books* estão as possibilidades de campanhas publicitárias, desfiles, capas ou editoriais em revistas. Durante semanas senti a mesma angústia, carregando meu *book*. A diferença estava no conteúdo. No meu, via-se meu lado interior. Não se precipitem, não é clichê de imagem poética. Ali estavam os resultados da ressonância e da angiografia. Os que as avaliavam eram neurologistas e não editores de moda. O que me esperava não era a passarela e sim a mesa de cirurgia."

Listas de neurocirurgiões foram elaboradas, médicos e amigos ajudaram, chegamos a dois especialistas. Um deles, dado como muito bom na matéria, falou, falou, esclareceu os riscos da cirurgia, as vantagens. Tudo friamente, tecnicamente, como se estivesse a analisar uma televisão que tem um defeito. No final, achando que seria normal, uma vez que tinha sido criado na sala um clima de relação médico-paciente, perguntei:

– Tudo bem, doutor! Agora podemos falar um pouco do lado prático?

– Que lado prático?

– Quanto me custa uma operação dessas?

Vivemos num tempo em que a possibilidade de enfrentar o custo de médicos e hospitais aterroriza, o mínimo em que pensamos é que a casa e o automóvel estarão perdidos. E quem não tem casa, automóvel, nada? E quem se preocupa com a saúde? Um ministro teve de sair porque pediu verbas. E o país passou mais de um mês sem ministro, como se não estivéssemos precisando de outro Osvaldo Cruz. Talvez por eu não ser ainda cliente dele, talvez por não estar pagando aquela consulta, ele me olhou. Ou melhor, me congelou com o olhar ofendido/espantado. Como se eu tivesse indagado por que ficava de braguilha aberta diante de minha mulher. O homem tinha cara e bigode de cantor de boleros em boate do interior.

– Como?

– Preciso saber quanto custa. Para me preparar. Vivo de salário.

Com expressão entediada, respondeu.

– Não trato desses assuntos! Consulte a minha secretária.

Era importante demais para abordar um tema corriqueiro, estava acima do bem e do mal. A secretária ficou intrigada por alguém querer saber preços. Sua expressão era quase indignada. Parecia dizer: "Quer saber quanto custa? Um especialista desses e ainda pergunta quanto custa?". Como o garçom de um restaurante cinco estrelas que desdenha o cliente que escolhe comida pelos preços. Ela abriu um "cardápio".

– Do que é a cirurgia.

– Aneurisma.

– Aneurisma, aneurisma... Tem o cirurgião, os assistentes, o anestesista, o assistente, o instrumentador... Sem esquecer o hospital... Se não houver problemas, não ficar muito na UTI... Fica entre 40 e 50 mil reais.

– Tem algum convênio?

Palavrinha ruim esta, provoca comichões.

– Não!

– E como posso pagar?

– À vista!

– Não se pode dividir, negociar prazos?

– O senhor deixa um cheque de depósito quando entrar.

Não resisti:

– Para o caso de eu morrer...

Fiquei sabendo a história da mulher do Gilmar, ex-contador da Diálogo, construtora onde Márcia trabalhou durante anos. A mulher sentiu uma dor de cabeça tão violenta que desmaiou. Levada ao médico, foi dispensada com um analgésico. As dores aumentaram, tornaram-se tão cruéis que ela não se continha, molhava-se toda, desesperada. Gilmar levou-a a médicos particulares, iniciando uma odisséia que durou meses. Descoberto o aneurisma, a mulher foi operada. Abriram a testa, parte da cabeça, a bolha estava em local de difícil acesso, foi uma cirurgia complicada. Trinta dias de UTI. Quando voltou para casa, ela estava boa, com uma seqüela: perdera a memória presente. Acabava de almoçar e queria comer. Saía à rua e não sabia para onde voltar. Se Gilmar descia por cinco minutos, ao voltar encontrava-a em pânico, gritando: "Você saiu há dois anos e nunca mais voltou. Por quê?". Hoje ela melhorou, recuperou quase toda a memória, mas há instantes em que o cérebro vacila. Em médicos e hospitais, Gilmar deixou o apartamento em que morava, uma casa, o carro e ficou devendo a um amigo o equivalente a outro apartamento.

Bem, havia dois problemas pela frente. Um aneurisma na cabeça, tranqüilo naquele momento, podendo estourar na primeira tensão, pressão alta. E uma conta, equivalente à metade do que devo no financiamento de meu apartamento. Nem podia vendê-lo para quitar contas. Ficou penhorado por quinze anos. Meu convênio determinava hospitais que não eram os mais indicados. Fui recolhendo opiniões de especialistas: "Vá para o Einstein, é a infra-estrutura confiável em matéria de aneurismas, tecnologia de ponta. No Einstein, se houver um erro, existem cem possibilidades de conserto". Além do Einstein, estava no *ranking* o Sírio Libanês e a Beneficência.

Em todos os consultórios, os médicos faziam as mesmas perguntas, recebiam as mesmas respostas, realizavam os mesmos testes. Cansei de andar em linha reta, tocar o nariz, contar dedos, ficar vesgo, fazer um quatro, olhar no fundo de aparelhos. Depois, analisavam as chapas da ressonância e da angiografia e completavam: "Cirurgia". Um deles, velho professor de ilustre faculdade, homem curioso, a quem eu tinha enviado as chapas antecipadamente para avaliação, falou durante quarenta minutos sobre a sociedade moderna e as pressões a que estamos expostos, condenou a estrutura em que o homem que não produz dinheiro é marginalizado e me cobrou o dobro dos outros. Sobre minhas condições e o aneurisma dissertou seis minutos. A palestra mais cara que ouvi na vida. Sorte que, exclusiva, fui o único espectador. Fiquei mais impressionado com o consultório, uma casa imensa, vazia, soturna. Nenhum cliente na sala de espera. No final, ele não encontrava as chapas, teve de sair do consultório, andar até o carro, encontrou-as no porta-malas, junto a pneus, uma raquete de tênis, sacolas e um guarda-chuva.

A vida sacudida

Há pessoas que se calam, tornam-se introspectivas, quando dominadas por um mal físico. Tive um processo inverso. Sentia necessidade de contar que estava com um aneurisma cerebral e que passaria por uma cirurgia. Companheiros de redação e amigos devem ter-me achado insuportável, nem entendo por que não se afastaram. Tornei-me um chato. Na *Vogue*, a cada telefonema dado, eu desfiava o caso. Eu mesmo não me tolerava, no entanto, precisava contar, me aliviava, dividia o temor, repartia a conta. Devia ter feito um folheto, distribuído pela rua. Vivia perplexo, uma vez que trabalhava normalmente, não havia indisposições, cansaço, dores, nada.

Por outro lado, parecia ter um prazer especial, a minha vida estava sacudida. Já que não dou jeito, não mudo nada, o destino alterava as rotas. Seria um alerta para quê? O aneurisma era uma espécie de medalha, ele me diferenciava. As sensações se alternavam. Penetrei numa zona neutra, de absoluto desinteresse de tudo. Caminhava pelas ruas contemplando as pessoas normais, tentando definir o que era normal e sadio. Uma tarde, numa lotérica, fiz todos os tipos de jogos, a Quina, a Sena e a Megasena, gastei para valer, cercando muitas possibilidades. Quem sabe na próxima segunda-feira teria o dinheiro necessário, teria o que deixar para minha família, além de um apartamento a pagar e os parcos direitos autorais de vinte livros, alguns vendendo, outros estacionados, três ou quatro esgotados. Não conseguia me concentrar na produção da revista, de um momento para o outro tudo tinha perdido a importância. Abandonei a leitura de jornais, telejornais, dei férias à minha cabeça. Vivemos devorando informações, considerei suficientes as que eu tinha. O que faria com elas, caso morresse?

Ia tomar café na padaria, comia lentamente. Comprei vinhos bons, grapas excelentes. Pequenos prazeres. Como a releitura de *Toujours Provence*, de Peter Mayle, *Paris é uma Festa*, de Hemingway, *Madame Bovary*, de Flaubert, *A Balada do Café Triste*, de Carson McCullers, *O Som e a Fúria*, de Faulkner, *Omeros,* de Derek Walcott, *O Estrangeiro*, de Camus, *Bola de Sebo*, de Maupassant. Num saldão da Rua Augusta, o Salério, encontrei dezenas de livros novos a 2 e 3 reais e não resisti, enchi sacolas. Significava que eu contava ter tempo para ler tudo.

Dei com uma coleção preciosa: obras completas de Clarice Lispector. Recém-editadas pela Francisco Alves, reluzentes. Comecei a reler *Laços de Família*, agora na sua 28ª edição. Lembrei-me da primeira, um livro enorme, de capa azul. Impossível começar a ler Clarice e parar. Cada frase nos penetra, deixa desorientados, é como estar no tubo de ressonância, envolvido por um mundo nebuloso, no entanto real, tratado à maneira dela. Frases secas, sintéticas, desconexas, porém cheias de nexo, incômodas. Li e reli o conto *O Amor*. Mas, por que releio tanto, se há outros livros à minha espera?

Demorei para desvendar.

Clarice escrevia o que eu gostaria de ter escrito. Explicava a minha condição. Quando caminhava pelas ruas, desligado do mundo à minha volta, como que me despedindo de uma coisa que não queria deixar, não conseguia definir as sensações. Clarice me dava a mão: "Expulsa de seus próprios dias, parecia-lhe que as pessoas da rua eram periclitantes, que se mantinham por um mínimo equilíbrio à tona da escuridão – e, por um momento, a falta de sentido deixava-as tão livres que não sabiam para onde ir".

Periclitante era eu.

Esta é a permanência da literatura. Um conto publicado em 1960 continua a lançar chispas 36 anos mais tarde e certamente continuará por muito tempo. Um texto que hoje não nos emociona, daqui a anos passa a ser significante, define uma sensação interior. Ou seja, a nossa vida corre e encontramos Clarice à nossa espera, aqui e ali, acenando, desaparecendo, reaparecendo.

Nos anos 70, dirigindo a revista *Planeta*, fui a Bogotá cobrir o Festival Internacional de Bruxas. Acontecimento que reuniu pesquisas científicas em torno de paranormalidade, mundos paralelos, extraterrestres, ovnis, telepatia, a mente do homem primitivo, e a arte popular da leitura de mãos, cartas, advinhações, fluidos miraculosos, poções, xaropes, amuletos, e assim por diante.

Na tarde em que cheguei, ao entrar no hotel, encontrei Clarice Lispector no saguão. Não nos conhecíamos, eu não passava de leitor e fã. Ela me olhou, demoradamente: "Você é de leão". Assim começaram nossos dias de bruxarias e feitiçarias, magias e parapsicologias. Ela corria de lugar para lugar, assistia às mais estranhas palestras e acabou sendo uma das sensações do festival, acontecimento sobrenatural.

Na manhã em que Clarice deveria falar, cheio de curiosidade, corri para a primeira fila, O que ela tem com tudo isto? Vai abordar esoterismo, parapsicologia, telepatia, viagem fora do corpo?

Clarice simplesmente leu o conto *O Ovo e a Galinha*, hoje no livro *Felicidade Clandestina*. Leu em português para uma platéia internacional. Meia dúzia devia conhecer nossa língua. Fiquei pasmo ao perceber a platéia eletrizada. Que símbolos estariam encontrando naquele texto? Até o final do festival, falou-se do conto e de Clarice. Alguma coisa diferente existia nesta mulher. Verdade que é um dos contos mais insólitos da literatura brasileira, complexo, história para se ler e reler, voltar. Como não pensar diante de: *Ver o ovo é impossível: o ovo é supervisível como há sons supersônicos?* Ou *o ovo nunca lutou. Ele é um dom.*

73

Havia nela outra forma de comunicação com as pessoas, através de um código, através de palavras cifradas, cujos significados eram perceptíveis por uns poucos. Será que isto se dá também com sua literatura? Hoje endeusada, estudada, vendida, comentada, traduzida, amada, ninguém se lembra do quanto Clarice sofreu em vida, incompreendida e pobre no final. Sei que posso estar contribuindo para uma mitificação ainda maior do sobrenatural e de Clarice com dados estranhos. Porém dos quinze dias que passei em Bogotá, só me lembro bem de dois ou três episódios e o dela é dos mais fortes. Na volta, Clarice compareceu a um jantar na casa do crítico Léo Gílson Ribeiro e falou-se muito sobre as bruxas de Bogotá. Fosse como fosse a sua vida, sempre tive a sensação de que ela não tinha dúvidas em relação ao seu texto. As frases e situações são sólidas, permanentes.

Para não pensar no aneurisma, eu deixava a cabeça voar. Viajava em todas as direções, sentia-me livre, desinibido. Estava perdendo amarras, esquecia compromissos, faltava a compromissos assumidos. Sem culpa, tornava-me deliciosamente irresponsável.

O aneurisma conferia imunidade. Ao mesmo tempo, tinha certeza de estar descobrindo a vida e aquele aneurisma tornava-me uma vítima do destino.

Não sabia se ia viver ou morrer. Por que me prender a detalhes como um encontro, uma reunião, um jantar, uma discussão, um texto? Por que não encher a cara nesta noite? Por que comparecer a uma palestra aborrecida? Por que não comer num restaurante caro e bom? Experimentar a *Chartreuse de galinha de angola* do Rouane. Ou um macarrão com trufas brancas no Fasano, raridade que custa os olhos da cara. Passar uma tarde em degustação completa, deixando o Massimo escolher o cardápio. A última refeição de um condenado tem de ser a melhor. Cometer a loucura: comprar uma garrafa de Chateau Margaux, Chateau Lafitte, um desses vinhos que custam mil dólares. Como será beber um copo de vinho que estaria me custando 250 dólares, dois salários mínimos? E o Romanée Conti, safra 1971, que custa R$ 8.740,00? Preço de uma viagem à Europa. Ir para Nova York assistir ao *O Fantasma da Ópera* e *Les Misérables*? Já que adoro musicais. Voar com a Márcia, passar o final de semana em Paris, assistir – quem sabe pela última vez – um filme no *La Pagode*, bizarra sala chinesa na Rue de Babylone. No entanto, e se a bolha arrebenta em pleno vôo? Enquanto não me operar não posso fazer mais nada, fico paralisado. Endividar-me no cartão de crédito, decretar falência. Operar-me, assinar promissórias, passar o resto da vida me matando para pagar. Que vida seria esta? Me matar para viver! Súbito, horror! Batia-me a responsabilidade. Como desbundar se há pela frente a perspectiva de uma conta imensa? O espírito dos Brandão me assaltava, me dominava.

Divagava: e se o vinho fosse decepcionante? Como poderia julgar? A menos que estivessse com pessoas como o Saúl Galvão, o Josimar Mello, Apicius ou o Miguel Juliano, o arquiteto apaixonado por vinhos que me deixou encantado. Uma hora de conversa encantadora com este homem acabou substituindo a entrevista que havia sido programada.

Percebi que passei a degustar melhor certos momentos. Antes, era impaciente e ansioso, começava uma entrevista, uma conversa, queria acabar logo, sair. Se tivesse três matérias a fechar na revista, não me decidia, fazia uma, pulava para a outra, voltava. Domingo de manhã, levantava cedo, mesmo sem ter nada a fazer, preocupado por estar dormindo e "perdendo tempo". Utilizar o tempo disponível, fazê-lo render. Acelerava o passo para não perder o farol verde na esquina. Descia escadas para não esperar o elevador. Podem ser paulistanices. Podem ser sintomas de nossa vida moderna. Acordava, não me decidia por qual livro ler, ligava a tevê a cabo, zapeava afoitamente, abria o computador, buscava arquivos, andava pela casa. Agora, não.

Uma simples conversa sobre vinhos me mostrou como uma pessoa pode ir fundo quando se apaixona por alguma coisa paralela ao seu ofício. Ou seja, além de criar os projetos, entrar em negociações, discussões com clientes, este arquiteto, Juliano, encontra tempo para ler, viajar, escrever cartas, pesquisar, encontrar-se com outros apaixonados por vinho. É o sonho. Ele me falou de viagens, adegas, produtores, com o rosto iluminado. Contou detalhes sobre vinhos russos. E eu jamais soube que na Rússia se produzissem vinhos. Pensar que ainda há garrafas do tempo do czar, preciosíssimas. Que deslumbramento agarrar-se a estes detalhes da vida.

Meu cérebro é uma ostra que abriga uma pérola assassina.

Será que estaria muito mal amanhã? O provável sangramento me conferia também provisoriedade. O aneurisma e suas possibilidades desastrosas concediam as justificativas para viver minha vida sem camisa de força, sem pressões. Quem sabe uma doença terminal nos leve a assumir este *status*, o de, no medo, viver sem medos, existir integralmente, podermos nos desligar do supérfluo, das cracas que a sociedade prende em nosso casco, das amarras sociais, do normal e estabelecido, daquilo que não conta para nada. Uma única coisa faz sentido, viver. Estar de pé, desfrutando o olhar, o paladar, o tato, o olfato. Prestar atenção a jardins que sempre estiveram em meu caminho e perceber que flores explodem em caules secos. Contemplar a velha que todos os dias está à janela de sua mansão na Avenida Brasil, imaginar sua vida, o que ela pensa desta cidade de agora, tão agitada, à sua frente. Sua casa é das raríssimas que permanecem intactas, sem muros, com as mesmas grades baixas, gramados, indiferente à violência que desmancha tudo aqui fora. A casa resiste, recusa as grades que fazem parte da paisagem, rejeita as guaritas, tudo é aberto. Esta casa é o passado, é um *flash-back* vivo, quem sabe não passe de cenário. Parece anacrônica, à sua volta estão escritórios e laboratórios. Como há laboratórios nesta avenida! Rios de sangue, fezes, urina escorrem dos corpos doentes para os tubos, alimentam lâminas e microscópios.

Também estou doente. Há uma bolha silenciosa e insidiosa em meu cérebro. Quieta, espera o momento para o bote fatal. Não se manifesta, não provoca dor, mal-estar, indisposição. Não dá nenhum sinal de alerta. É comportada, falsa, traiçoeira. Pode me matar, de um momento para outro.

Carrego um segredo, ninguém sabe

Nem parece que vivo numa cidade povoada por aneurismas mortais. De repente, com o revólver na mão, um estoura à sua frente, na entrada de casa, no cruzamento das ruas, na saída do caixa eletrônico, sentado num bar. Tendo sorte, entrega-se a carteira, cartões magnéticos, cheques, relógios e pode ser que se saia ileso. Depende do nível de drogas que o outro tomou. Crimes invisíveis corroem, dilaceram esta cidade. Crimes invisíveis. A expressão é de João Cabral de Mello Neto, acabei de comprar suas *Obras Completas*. Está num texto de 1938. Teve época em que, ao tomar a primeira xícara de café da manhã, costumava ler um poema e assim atravessei Garcia Lorca, Adélia Prado, Cecilia Meireles (*Mar Absoluto* era meu favorito aos 15 anos, foi dos poucos poemas que decorei: *Foi desde sempre o mar. / E multidões passadas me empurravam/ como a um barco esquecido*), Fernando Pessoa (as luzes amarelas estão em *Não Verás País Nenhum*), Clara Angélica, Ledusha, Marize Castro. Se eu soubesse escrever uma poesia, uma sequer, estaria feliz.

E a bolha se refestela em minha cabeça.

Por que me escolheu? Por causa dela vou sofrer, ter o osso da cabeça serrado, camadas do cérebro afastadas, vou passar dias ou semanas num hospital, tubos no nariz, na garganta, cateter na jugular, sondas na bexiga.

Vivo dias de risco e isto me torna diferente.

Por momentos, quase me alegro. Deixei de ser normal, homem comum. Ando pelas ruas e os que cruzam comigo nada sabem. Carrego um segredo. Se cair, muita gente vai correr, olhar curiosa, achar que estou bêbado, sofri ataque, levei tiro perdido. A imaginação dramático-masoquista passeia livre.

Sofria por antecipação. Característica que herdei de minha mãe. A vida para ela foi difícil, viveu crispada, os nervos à flor da pele. Lutava momento a momento, jamais relaxava. Tinha medo de perder o que ela e meu pai conseguiram em anos de trabalho. Meu pai, Antônio, filho de um seleiro e carpinteiro, fez carreira em ferrovia, chegou a dirigir o escritório central da Estrada de Ferro Araraquara. Crescido, eu me orgulhava de ver, em todas as estações e escritórios, o nome de meu pai nos comunicados, que impunham ordens e regulamentos. Minha mãe, Maria do Rosário, era filha de um homem inquieto, que teve todos os tipos de emprego, adorava política e discursos (Todas as suas falas se iniciavam com a frase: "Qual um mergulhador que vai ao fundo do oceano em busca de pérolas"), era fanático pelo Partido Social Democrático, aposentou-se pobre como porteiro de grupo escolar. Candidatou-se a vereador e eu o ajudava a distribuir cédulas pela vizinhança; depois das eleições, as cédulas terminavam no barbeiro, nelas limpava-se o sabão das navalhas. Esse avô viveu os últimos anos na casa dos filhos, um empurrando para o outro. Antônio e Maria casaram-se, criaram filhos, compraram casa. Ao deixar a ferrovia, ele montou uma indústria de sacos de papel, comprou um carro aos 60 anos, aprendeu a guiar mal, desistiu (será por isso que não dirijo?), economizou um pouco de dinheiro, ergueu casas para meus dois irmãos. Totó e Maria representaram uma época, um momento da história do Brasil em que havia possibilidades de ascensão para os que vinham de classes baixas.

O que construíram não parecia muito, olhado de fora. No entanto, foi bastante grande para a mulher que cresceu com pouca instrução e aos 13 anos se viu sem mãe, a cuidar dos irmãos. O que a salvou foi a fé, à qual se agarrou como a última tábua num oceano. Fé que conservou até o final e a levou a morrer em paz, certa de ter vivido honesta e decentemente. Tão honesta que chegava às raias do radicalismo quando se tratava das coisas de Deus e da igreja, moral e valores.

Existir, para dona Maria do Rosário era viver rigidamente, estar alerta, não ofender a Deus e aos semelhantes, ajudar os outros, ser generosa, não fazer concessões, cuidar da salvação da alma. Coisas perdidas de vista. Estivesse viva, hoje, aos 88 anos, sofreria inconformada.

Quando vim para São Paulo, contra sua vontade, ela me queria no Banco do Brasil ou na estrada de ferro, recomendou: "Pois bem, vá! Te entrego a São José". Obtive meu primeiro emprego, no jornal *Última Hora*, no dia 19 de março. Dia de São José, para quem não conhece o calendário. Herdei dela o sentido trágico e uma certa mania de perseguição. Via conspirações aqui e ali, numa crítica, numa ausência de notícia, no fato de meu livro não estar na lista de mais vendidos, na platéia semivazia em uma palestra. Pequenos fatos, pura besteira! Que importância tem tudo isso? O que acrescenta, modifica?

Anos e anos ouvi as conversas dos dois, pai e mãe, à noite. Sussurros, crianças não tinham nada que ver com a vida, as dificuldades. "Nunca te promovem, está sempre alguém na frente, esse Fernando Vicente te deixa para trás todas as vezes", protestava ela. Fernando Vicente era um todopoderoso, a imagem que trouxe dele, sem jamais conhecê-lo, era a de um totalitário perverso que ignorava meu pai. O homem morava em frente ao jardim, numa casa que parecia um pequeno castelo. Ali se ergue agora a igreja dos mórmons.

Minha mãe falava como se meu pai fosse o culpado, enquanto outros, apaniguados, iam subindo e ocupando cargos que deveriam ser dele por mérito e tempo de serviço. Por ser extremamente responsável, fazer horas e horas extras não pagas, calcular todas as tarifas com extrema precisão. Homem que jamais faltou ao trabalho, eu o via sair em manhãs de tempestade com guarda-chuva e galocha preta, chapéu (homens de respeito usavam chapéu), pontual, devotado à Estrada de Ferro, sua vida, sua paixão. E minha mãe, indignada contra os diretores politiqueiros que não reconheciam o talento e o esforço de meu pai para as estatísticas, o suor que ele deixava nas mesas da contadoria. Voltava-se contra ele por não protestar, gritar, exigir, sem perceber, inocente que era das coisas políticas, a engrenagem fascistóide da ferrovia, pequenos mussolinis circulavam pelo prédio da Rua Gonçalves Dias, pela estação, por toda a parte. Certa vez, contou meu tio José Maria (que há anos vem recolhendo histórias de sua longa trajetória pela Estrada de Ferro Araraquara), um telegrafista pediu licença para visitar a mãe que estava morrendo em Minas Gerais. Ao chegar lá, a mãe, sozinha, viúva, morreu e ele teve de se encarregar das providências, acabou ficando dois dias a mais. Ao regressar à sua estação, recebeu do chefe o comunicado de que estava demitido e que fosse à Araraquara receber os direitos. Há até uma tese, de Liliana Segnini, sobre o sistema arbitrário das ferrovias, na qual ela desmascara o sistema.

Temerosa a cada novo passo de meu pai, Maria do Rosário viveu apavorada com a possibilidade de tomarem nossa casa, hipotecada por décadas. Um fantasma. "Ainda vamos perder a casa", ouvi a infância inteira. E talvez por isso, cinqüenta anos depois, sonho com meus apartamentos inundados, devastados, demolidos e vazios. Perco as chaves, não encontro minha casa, não sei onde ela está. Percebo agora como o episódio de *Zero* em que Rosa não encontra a sua casa no imenso conjunto habitacional, onde todas as moradias são absolutamente iguais e anódinas, tem um sentido.

Há muita coisa inexplicada. Milagres talvez possam acontecer. Minha mãe acreditava neles e em graças, favores concedidos. Sua fé nas forças irradiadas por São José, Santa Rita de Cássia, Coração de Jesus, Nossa Senhora de Lourdes era sem tamanho. Uma de suas canções favoritas, ao lavar roupa, segunda-feira, era:

O anjo descendo
num raio de luz,
feliz Bernardete,
à fonte conduz.
Ave, ave, ave Maria!

Bernardete era Bernardette Soubirous, a camponesa semi-analfabeta que viu Nossa Senhora, em Lourdes, França, 1858. Numa noite de 1944, dona Maria do Rosário permitiu que meu pai me levasse ao cinema pela primeira vez. Mudou a minha vida. Era um filme recomendável: *A Canção de Bernardete* (*Song of Bernardette*). A Orientação Moral dos Espetáculos, afixada todas as semanas na porta da igreja, dividia os filmes em categorias. Havia os *aceitáveis para adultos*, os *livres*, os *recomendados*. Os piores eram os *condenados*. A OME consistia numa censura interna da igreja católica, tinha-se que segui-la para não pecar. *A Canção de Bernardete* devia ser visto, era exemplo a ser seguido. Sucesso imenso. O Cine Paratodos (o mesmo do romance *Dentes Ao Sol*) lotado. Atordoante o cheiro dos perfumes, do Leite de Colônia que se usava como desodorante, da poeira das pesadas cortinas de veludo (acabaram-se as cortinas dos cinemas, entramos e a tela parece nua, envergonhada), do chão encerado, das balas de hortelã. Minha parente Maria do Carmo Mendonça (está citada em *Zero*. A bunda branca que deslumbra José na infância é dela) sentada na fileira da frente, brincou comigo, tratou-me como adulto por estar no cinema.

Há momentos que nos acompanham a vida toda e este é um deles, nítido como se tivesse acontecido agora e não há 52 anos. Por que aquele instante me persegue, límpido como na noite em que aconteceu? Qual o significado? Em *Cidadão Kane* o personagem Bernstein, um dos assessores diretos de Kane, relata ao homem que investiga o que quer dizer Rosebud:

"Recordamos muito mais coisas do que os outros supõem. Um dia, lá pelo ano de 1896, eu ia para Jersey numa balsa e ao descer cruzamos com os viajantes da volta. Entre eles estava uma jovem vestida de branco, levava uma sombrinha branca. Aquela visão durou um segundo. Ela nem sequer me viu. No entanto, te asseguro que desde então não se passou nem um único mês, sem que eu tenha deixado de pensar nela."

A visão daquela parente, ela devia ter vinte e poucos anos, atravessou minha vida, jamais esquecida, constante. Naquela quinta-feira de 1944, eu estava na platéia e devia ser uma coisa muito boa, as moças cheirosas e bem-vestidas mostravam-se excitadas e felizes, falavam sem parar. Ali descobri a magia do cinema, paixão que permanece intocada.

Nos anos 70, fiz para a revista *Status*, a condensação de *Don't Say Yes Until I Finish Talking*, biografia de Darryl Zanuck, o todo poderoso *tycoon* da 20th Century Fox. Ali se conta que durante a filmagem de *Song of Bernardette* houve um impasse na escolha da atriz que deveria representar Nossa Senhora. Indecisos, puxa-sacos (daí o título do livro: *Não Diga Sim Antes que eu Termine de Falar*), os produtores procuraram

Zanuck, tirano centralizador. Estava viajando. Recorreram ao telefone. Deram azar. O telefonema para a Europa caiu na mesa de jogo, o vício de Zanuck. Irritado, ele espumou: "Coloquem Linda Darnell!". E bateu o fone. Atordoados, os produtores não ousaram contrariar. O filme pronto, o chefão chegou e caiu de costas. Tinham levado a sério a ironia. Linda Darnell, segundo os fofoqueiros, era conhecida em Hollywood por abrir as pernas com a maior facilidade. E ali estava como a Virgem Maria. Ela teve um fim trágico, morreu no incêndio de sua casa.

A Canção de Bernardete, além de ter sido o primeiro filme que assisti na vida, foi também o primeiro que vi em vídeo, em 1986, no apartamento de Paulo Francis, em Nova York. O tipo do filme que jamais imaginei que Paulo, ateu e intelectualizado, escolheria numa locadora. Quadradão, piedoso. Realizado em 1943 por Henry King, baseado na novela de Franz Werfel, lançou Jennifer Jones como estrela. Das doze indicações para o Oscar, ganhou quatro. Jennifer era mulher do ator John Garfield, mas deixou-o para se casar com David O. Selznick, o poderosíssimo produtor, responsável pelo megaêxito... E O Vento Levou. Selznick fez para ela Duelo ao Sol, um megafracasso, em technicolor berrante. O público não aceitou Gregory Peck no papel de homem mau. Outros tempos, outro cinema. Quanto a John Garfield era um bom ator, da esquerda hollywoodiana e alcóolatra desde que foi abandonado por Jennifer. Durante o macartismo foi perseguido e morreu de ataque cardíaco.

Informações supérfluas sobre cinema. Cada devaneio desses me rouba minutos da realidade. Faço cera, como tempo. Ah, existiu outra Bernardete, a filha de um dentista, Augusto Pontes, viúvo que se casou com a Cristina Machado, minha primeira professora e madrinha por procuração. A verdadeira madrinha, a mãe dela, morreu quando eu era pequeno, não sem antes transmitir à filha o encargo de fazer-lhe as vezes. Era assim num mundo não tão antigo, final dos anos 30. Bernardete Pontes era belíssima, morava em Ribeirão Bonito e aparecia em Araraquara esporadicamente. Estonteante, era uma festa a sua visita. Eu subia no muro para vê-la. Não saía da casa da Cristina, inventava motivos para ficar na sala, adorando a enteada morena, de sorriso amplo, permanente nos cabelos e que me tratava tão bem. Sem saber, ela foi minha primeira namorada. Se estiver viva, deve ter hoje quanto? Sessenta e cinco, setenta anos?

Caminho por estas ruas, como sempre caminhei todos os dias, indo para o trabalho. No entanto, nestes dias elas são desconhecidas, novas. Pertencem a um país estrangeiro, a uma cidade que não reconheço. A cada quadra olho para trás e pergunto: Será a última vez que passo por aqui? A bolha vai estourar na próxima esquina? Quanto tempo ainda ela me concede? Carregar um aneurisma é ter minha vida hipotecada.

Numa esquina há uma pequena praça. Ou o que denominam praça. Nada mais que um pedaço de grama debaixo de meia dúzia de árvores e uma placa: *Esta praça é conservada pela empresa X*. Mentiras por toda parte. Nossas vidas escasseiam. Aceitamos tudo. Até que chamem de praça a este retângulo exíguo, limitado por dois muros, sem nada, despido de atrativos, sem um banco sob as árvores.

Nossa capacidade de existir em lugares feios, sujos, apertados, incômodos aumenta a cada instante.

Não nos rebelamos contra a diminuição inexorável de nossos espaços. A beleza vai sendo cancelada à nossa volta e nos habituamos.

Num canto da praça, os sem-teto se ajeitam em caixas de papelão, para se protegerem da garoa. Estenderam um cordel entre árvores e penduraram roupas. Onde encontraram torneira para lavá-las? As rotinas e códigos de vidas que desconhecemos, ainda que estejam ao nosso lado. É segunda-feira. Em Araraquara dizia-se, "segunda-feira é dia de branco". Nunca defini se o branco era o da raça ou referência à brancura das roupas amontoadas nos tanques para serem lavadas. Os varais refulgiam ao sol, com a roupa de cama, e esta era branca naquele tempo, nada deste carnaval multicolorido de hoje. Divertimento de moleque era jogar barro ou bosta de cavalo naquela brancura, as mulheres ficavam desesperadas. Havia marido que na segunda-feira nos esperava com espingarda e cartucho de sal.

Essas pessoas estão aí e nenhuma delas tem um aneurisma maduro, pronto a estourar na cabeça. E se tivessem? Estariam mortas. O custo de uma ressonância dá comida para uma família inteira por meses e meses. O que prefiro? Ser quem sou e carregar esta bolha mortal ou me tornar um sem-terra, sem posses, sem amarras, sem impostos e crediários? Livre, desligado, sem documentos, sem um papel para guardar, sem cartões de crédito e cheques e contas a pagar e trabalho a fazer, sem prestações de escola aumentando, páginas para fechar, prazos. Qual a angústia deles? A da comida? A de olhar para cima para saber se vai chover, fazer frio? Esta garoa da qual se protegem, considero romântica, poética, dá um ar melancólico à cidade.

Os *normais* passam e não prestam atenção. Os sem-teto fazem parte da paisagem cotidiana. Tornaram-se invisíveis. O drama deles não emociona ninguém. Ao contrário, são repelidos, transtornam, causam repulsa. Objetos da paisagem. São como postes, grades, muros, abrigos de ônibus, podiam ser um bando de cachorros vadios. Não faz diferença. Desde que não incomodem, fiquem no seu lugar, não se aproximem, não entrem nas casas, não peçam coisas. Fedem demais, são sujos, têm a pele recoberta por uma escama negra, as unhas são garras.

Eu e os vagabundos das ruas

Qual é o ponto de vista deles quando nos olham? Invejam, odeiam, desprezam? Querem ser como nós? Imaginam que somos felizes porque temos carros, comemos todos os dias, temos um teto, trabalho? Nada sabemos deles, são apenas notícias de jornal, alguns segundos na televisão, não procuramos nos informar, já nem nos emocionamos ao ver as crianças de olhos esbugalhados, pedindo esmolas nos cruzamentos, não queremos que se aproximem.

Um deles, ao me ver, pode supor que a minha casa foi financiada, que estarei pagando por anos e anos, vou passar dos setenta pagando prestações? Que se eu morrer o seguro não me garante, o banco pode tomar a casa? Depois dos sessenta e cinco não existimos para as seguradoras, não contamos para o funcionamento do país, não adianta nos candidatarmos a um emprego, o seguro médico cobra mensalidades extorsivas, somos fator de risco.

Observo-os com inveja. Não estão ameaçados por aneurismas, não esperam a cada instante que uma dor lancinante atravesse a cabeça, o sangue se espalhe pelo cérebro. Abalados em nosso cotidiano violentado, caímos na apatia, ficamos inertes. Por um instante, componho uma imagem literária que me lembra as ideologias do anos 60: esta gente já foi vitimada pelo aneurisma social.

Não sou infeliz. Carrego nas tintas do meu drama pessoal, sem me convencer. Não é um drama, a vida continua, tudo o que tenho a fazer é uma cirurgia para extirpar esta bolha. Vítima? Por que sempre somos levados a pensar assim?

Por que não reajo, abandono meu emprego, deixo família, livros, papéis, roupas, sapatos, discos, cartões postais, cartas colecionadas, anotações, toda a tralha que enche minha casa, minha cabeça e me prende, amarra? Por que não continuo andando por esta rua, sempre em frente, até sair da cidade, do Estado, do mundo? Bater perna nas estradas, sem me incomodar com o vento, a chuva, o frio, deixando que a minha pele se recubra por uma escama negra? E se esta escama não é apenas sujeira, é proteção, carapaça que o corpo forma para se proteger? Sair do país, penetrar em alguma terra desconhecida, onde me sinta renascer. E se o renascer vem com a minha morte?

O que existe do outro lado? Mas nenhuma pessoa, entidade, livro, estudo me convence de que este espaço em que vivo não seja de fato o outro lado. Em Berlim Ocidental, referindo-se à Berlim Oriental, as pessoas diziam: O outro lado. Mas em Berlim Oriental, referiam-se à Berlim Ocidental também como o outro lado. Qual é o lado de cá e o de lá? Súbito, me veio intensa curiosidade. A de atravessar a fronteira e penetrar em outra dimensão desconhecida, sobre a qual nada sabemos.

Percebo que passei a viver numa espécie de limbo. Tudo adquire intensidade. Não sei definir o real e o irreal em cada objeto, situação. Cada pessoa pode ser vista de modo transparente. E adquiro uma sensibilidade para detectar, de imediato, mentiras.

Se sair desta, por que não aprender a continuar da forma como estou vivendo agora? Meu medo era retornar à escravidão que vislumbrava em minha vida passada, amarrado a conveniências e necessidades desnecessárias. Por que tenho de aparecer em tal lugar, se não tenho vontade, não quero, estou bem aqui?

Por que ler determinado livro, apenas porque todos estão lendo?

Por que não me molhar inteiro debaixo de um temporal? Posso ficar gripado, ter pneumonia, morrer?

Por que usar o vermelho, a cor da moda? Ou o amarelo?

Qual a necessidade de trocar de carro a cada ano ou exibir o computador de última geração?

Preciso viajar para fazer compras?

Para que os relógios?

Necessito um móvel ou objeto *design*, uma caneta com grife?

Por que o corte das calças tem de ser este?

Por que é o relacionamento e não o meu talento que me leva a conseguir e realizar determinadas coisas?

Por que o preço e a grife, e não a qualidade, é que tornam certos objetos "úteis"?

Por que tenho de comprar um quadro pela assinatura e não pela emoção que me transmite?

Por que não tomar um porre enorme e cair em coma alcoólica?

Por que não experimentar todas as drogas que recusei, com medo de que me matassem, porque achava importante estar em forma, viver plenamente?

O que é viver plenamente? Meu problema – e recorro outra vez à Clarice, ao conto *Amor* – é que me sinto como o personagem, uma pessoa "que apaziguou tão bem a vida, cuidou tanto para que ela não explodisse".

Então, surge um aneurisma que pode ser a salvação.

Ele me convulsiona, me choca, me questiona, me revolve. Se estourar, morro, fico paralisado, perco a

91

fala. Devo ler sobre aneurismas, saber o que são, como funcionam, crescem, de que modo agem, que influências têm em nosso organismo. Em uma das paredes de uma artéria comum forma-se uma pequena bolha cheia de sangue. O tecido desta bola é frágil, tênue, e suporta por algum tempo (pode ser anos e anos) a pressão do sangue em seu interior. Até o dia em que o tecido se rompe e o sangue se espalha pelo cérebro.

Por que eu?

Uma reação natural, julgamo-nos imortais, privilegiados. Os males não nos atingem, somos invulneráveis. Poucas cabeças estão preparadas para enfrentar uma fatalidade. Eu precisava parar, pensar, o ritmo do dia-a-dia não me deixava. Na verdade, eu não queria, arranjava coisas para fazer, desviava a atenção.

Operar. Quando? De quanto tempo eu dispunha? A cada dia eu me torturava, certo de que a morte estava à minha espera. E não me decidia.

"Ficar com o aneurisma é o mesmo que carregar uma granada, sentar-se numa bomba, andar em terreno minado", dizia Ophir, sempre objetivo e durão. Mas operar com quem? Uma tarde, entrei na sala de Andrea Carta, editor da *Vogue*, e depois de cinco minutos, como de hábito, naquela ânsia de falar, fiz o assunto recair no aneurisma. Andrea me via tenso, fazendo brincadeiras e piadas.

– Está decidido?

– Decidiram! Não tenho saída. Se corro, o bicho pega. Se paro, o bicho come. Operar com quem?

Andrea ficou em silêncio. E súbito pareceu lembrar. Um estalo.

– Um de meus amigos no Dante Alighieri era o Marcos Stavale. Ele é neurocirurgião. E bom. Faz anos que não nos falamos, não nos vemos. Quer tentar?

Não custava. Tudo que significasse ganhar tempo eu tentaria. Andrea pediu ligação com o Hospital Albert Einstein, quinze minutos depois veio o retorno, ele chamou Marcos por um velho apelido de colégio, mantiveram as conversas preliminares de quem não se encontra há muito, fui colocado na linha. Expliquei o caso, estava preocupado em não tomar tempo. Um dos meus problemas é não querer ser invasor, nunca, num país em que a maioria é.

– Podemos marcar uma consulta?

– Consulta? Não! Venha conversar. Traga as radiografias!

Lá fui eu, mais uma vez, com meu *book*. Sete da noite, o hospital tranqüilo, passamos, Márcia e eu, por corredores desertos. Esperamos numa sala diante da máquina automática de refrigerantes. Pacientes e acompanhantes assistiam à novela na tevê. Desde que tinha sido diagnosticado aneurisma eu não conseguia prestar atenção a qualquer programa ou filme. Coisas se desligavam dentro de mim. Vi um homem alto. Veio, olhou em torno, me apontou: "Ignácio?". Marcos Stavale, um cirurgião que ainda não completou quarenta anos, um modo de ser que me inspirou confiança. Isto é fundamental. Do mesmo modo que repudiei àquele outro, com cara de cantor de bolero, este mostrou carisma. "Me dê as radiografias, espere um pouco, quero discutir com minha equipe."

Urgente! Evitar a morte

Meia hora depois, entrava no consultório e me sentava diante de Marcos e de outro neurocirurgião, Guilherme Carvalhal Ribas. Os dois trabalhavam em equipe. Havia na sala um bom astral. Marcos falava baixo, eu mal ouvia. Na verdade, não queria ouvir, Márcia me repassou tudo, a caminho de casa. Durante quarenta minutos, conversamos sobre aneurismas, cirurgias, possibilidades, conseqüências. Essa bolha que se forma numa artéria pode ser congênita, e a minha indicava que era.

– Você tem um só caminho.

– Cirurgia.

– Sim...

– Ele não é pequeno? Não tem menos de 3 milímetros?

A desgastada esperança, na qual nem eu acreditava.

– Tem tamanho suficiente para preocupar bastante.

– Não podemos esperar? Controlar de tempos em tempos?

– Não há controle. Ele não avisa que vai sangrar. Sangra.

– Tem urgência? Preciso me acostumar com a idéia.

– Olha, se eu tivesse um aneurisma, gostaria que fosse como o seu.

– Por quê?

– Bem localizado, fácil de ser atingido. Dentro da complexidade que é uma neurocirurgia, a sua tem tudo para ser simples.

– Simples! Vão me abrir a cabeça, mexer dentro...

Bisturis cortando minha pele, o sangue, o osso da cabeça serrado. Certa vez, em janeiro de 1990, Luís Carta me pediu uma entrevista com o doutor Ivo Pitanguy sobre cirurgias plásticas para homens. Já havia um número grande de homens se submetendo a cirurgias estéticas. E não eram apenas atores. Verdade que tudo se revestia de sigilo, os preconceitos machistas eram fortes. Depois de conversar com Pitanguy durante uma hora em seu consultório da Rua Dona Mariana, no Rio de Janeiro, ele me convidou para entrar no centro cirúrgico, tinha de operar uma mulher com paralisia facial. Vesti os paramentos antissépticos, azuis, e entrei, firme como rocha. Ao ver que os assistentes faziam uma incisão e puxavam toda a pele do rosto daquela senhora, deixando-a como uma branca escalpelada por peles vermelhas, uma caveira viva, o chão desapareceu, o azul dos uniformes tornou-se amarelo, o estômago foi até a ponta do pé. Um assistente me conduziu à porta, sob risos discretos. Agora, ali no consultório do Marcos eu me via escalpelado, semelhante à mulher. Mal ouvia o médico me acalmando.

– Cirurgias de aneurismas são delicadas, estressantes. Mas evitam a morte, ou as seqüelas.

– Em quanto tempo me recupero?

– Correndo tudo bem, e tem tudo para correr, em uma semana você estará fora do hospital. Em vinte dias estará trabalhando.

– Uma semana, vinte dias. Assim rápido? E a dor?

– Vai haver desconforto, é natural. Vou te explicar como se faz.

– Se me disser, não faço!

Não deixei que me contasse, evitei o assunto até depois da operação. Preferia a ignorância. Se isto podia me matar, que fosse um assassino sem rosto, misterioso. Já nem sabia mais se tinha medo da cirurgia ou do sangramento. Precisava me preparar para viver diferente, aprender a suportar a dor, a provável paralisia. Se sair do Santa Catarina numa cadeira de rodas tinha-me deprimido, imagine viver numa, dependendo dos outros? Olhar na cara das pessoas e ver piedade ou aborrecimento. Não! Doentes e deficientes provocam contrariedade, é uma faceta estranha do ser humano. Talvez sejam rejeitados porque representam espelhos das nossas possibilidades. Que força sobre-humana têm as pessoas que ao se descobrirem portadoras de uma doença mortal, começam a estudá-la, vão fundo, querem saber tudo, esmiúçam, tornam-se especialistas leigos, batalham. Será que passam pela fase do estupor (uma palavra feia, mas é a única que me ocorre, é a que define), da paralisia, para depois se arranjarem? Só agora, ao reler anotações, percebo o nó da minha cabeça. Nesse momento senti grande admiração e respeito principalmente por Marcelo Rubens Paiva, que foi para uma cadeira de rodas aos vinte e poucos anos, para reiniciar uma vida recém-começada. Vinte anos. Tão pouco. Se me acontecesse alguma coisa, eu tinha uma vantagem, percorrera um caminho. Marcelo, não.

Mesmo assim deu a volta, tornou-se um escritor e, mais do que isso, na minha visão, transformou-se em símbolo naquele momento, o do próprio país que parecia paralisado, sem futuro. Os jovens viram em Marcelo um significado: o de que sempre vai existir futuro, o de que a paralisia pode ser momentânea, depende de nós. Marcelo era a força, a vitória contra a fatalidade. E o Brasil saía de uma fatalidade, a ditadura militar.

Caio Fernando Abreu, condenado

Em outubro de 1994, a Feira do Livro de Frankfurt foi dedicada ao Brasil. Depois viajei através da Alemanha, fazendo leituras. Três delas junto com Caio Fernando Abreu. Aliás, um apaixonado pela Clarice Lispector. Agora transformados em *cults*, devem estar os dois no além, a conversar sobre literatura e vida. Ele convivia com a aids, vinha de longa internação. Esteve à beira da morte e se ergueu, juntou todas as forças para a sua última viagem ao estrangeiro. Na tarde em que entrou no bar brasileiro (garçonetes vestidas de baiana serviam caipirinhas), na Feira do Livro, surpreendeu com a disposição, o bom humor, mostrava-se cheio de animação. Recebeu abraços de todo lado. Era amado. Um único detalhe o fazia diferente. Trazia a cabeça coberta por um lenço branco, estampado com flores azuis, para esconder os primeiros sarcomas que despontavam na cabeça. Ele me revelou mais tarde que era uma coisa que o incomodava muito, ficava algum tempo de manhã, diante do espelho, a examiná-los, ansioso para perceber uma regressão.

Depois da Feira, os brasileiros realizaram leituras em livrarias e bibliotecas, através de toda a Alemanha. Estive com o Caio em três: Hamburgo, Berlim e Aachen. Ele brilhou intensamente em todas, ao lado de seu editor Frank Heibert, lendo trechos de *Onde Andará Dulce Veiga*. Com voz grave, lia emocionado, arrancava de dentro uma força excepcional, queria deixar uma derradeira imagem de vida e paixão. Em Hamburgo, no belo salão barroco da Literaturhaus, às margens do lago, numa noite fria, ele cantou a música de Dalva de Oliveira que faz parte do texto:

Nada além.
Nada além de uma ilusão.

Foi difícil ler depois dele. A platéia estava dominada pelo seu espírito, os que conheciam sua história de vida estavam dizendo adeus. Fiquei feliz por estar ao lado de uma pessoa tão forte, que jogou tudo na literatura e fazia uma despedida poética, eletrizante. Na manhã seguinte, no pequeno hotel-pensão em que estávamos hospedados, o Schwanenwik, estivemos juntos por uma hora na sala vazia, na mesa do café, de frente para a janela. Caio sorvia goles do café aguado, passava geléia de abricó numa casca de pão, olhava para as águas geladas do Alster e as árvores outonais, mas ainda verdes. E eu me via diante de um mistério.

Como ele podia estar tão sereno, que forças encontrara para mostrar-se tão tranqüilo, sabendo que ia morrer? A conversa desviou para esse lado. Ele comentou: "Vamos morrer! Todos. Só não sabemos quando. Sempre achamos que podemos adiar. Vivemos com a certeza de que não vamos morrer. O problema com a aids é que ela cancela o adiamento. É um despertador, vai tocar, pode ser logo, e não podemos apertar o *stop*. Enquanto ele não toca, cada instante é uma eternidade, e adoro estes longos momentos. A minha morte está anunciada. No entanto, você pode morrer antes de mim. O difícil é acostumar com a idéia de que o meu fim pode estar muito próximo. Mas a intensidade que a vida ganha, o significado dos gestos, isto só pode perceber e definir quem vive como eu. Não dá para transmitir o que representa olhar para esse lago, ver as pessoas passeando, enxergar o vento, sentar e escrever, pensando que podem ser as últimas frases". Quando voltei para o quarto, anotei, é um costume registrar coisas que me impressionam. Mais tarde, em *Pequenas Epifanias* (esta era uma das palavras que ele mais usava) a edição de suas crônicas em jornal, reli muitas vezes as famosas três *Cartas Para Além dos Muros*, em que conta a descoberta do vírus já em estágio avançado. No livro encontrei um texto sobre Lilian Lemmertz, a atriz, morta repentinamente de ataque cardíaco em 1986, jovem ainda. Caio escreveu:

"Somos todos imortais. Teoricamente imortais. Porque nunca consideramos a morte uma possibilidade cotidiana, feito perder a hora no trabalho ou cortar-se fazendo a barba, por exemplo. Na nossa cabeça, a morte não acontece como pode acontecer de eu discar um número telefônico e, em lugar de alguém atender, dar sinal de ocupado. A morte, fantasticamente, deveria ser precedida de certo clima, certa preparação. Certa *grandeza*."

Lembrei-me de Lilian, nos anos 70, recém-chegada a São Paulo, vinda do Sul com o marido Lineu Dias. Os dois entraram para o Teatro Oficina, em seu apogeu. Júlia nasceu. Depois de alguns meses, Lilian e Lineu atuavam numa peça, não me lembro qual. E precisavam de amigos se revezando como babá no apartamento (moravam numa casinha na Rua Humaitá, vizinha à Rua Jaceguai, onde se localiza o teatro). Cada noite era um, com um conceito diferente de *baby-sitter*, todos muito apegados à criança. Para esquentar uma mamadeira, fiquei em dúvida se colocava o leite numa panela ou se colocava a mamadeira em banho-maria e, na dúvida, perdi meia hora, Júlia chorava. Naquele tempo, a gente acreditava em tantas coisas, em revoluções políticas e artísticas, a vida estava inteira pela frente, era vida, vida, vida e projetos que atravessariam séculos.

Caio Fernando Abreu teve o tempo para o clima, a preparação. Conseguiu a grandeza. Aquela viagem pela Alemanha foi uma apoteose magnífica. Vou me lembrar sempre de sua leitura, seu canto, seu olhar perdido na paisagem extremamente germânica, bem-arrumada, irritantemente limpa e organizada, através das janelas do trem. Como pode uma plataforma de estação não ter um único papelzinho? Como as janelas das casas dão para as calçadas e não há grades, um vidro desses pode ser facilmente rompido por um ladrão? Como podem essas delicadas flores amarelas crescer tão junto à linha do trem? Indagava perplexo.

Mas será que o clima e a preparação nos consolam? Será que através do aneurisma eu estava recebendo um aviso e devia me preparar? Como interpretar os sinais que a vida nos envia? Às vezes, quando deciframos os códigos é tarde demais! A força que Caio reuniu me tocou, mexeu comigo. Assumi que um homem acaba por resolver internamente seus problemas, eles se ajustam em manobras que tanto podem ser fantásticas, evasivas, como pé no chão, tipo "vamos viver o momento, fazer o melhor que podemos agora, o tempo acabou".

Quando pensava na bolha, calculava se meu tempo por aqui estava esgotado. Teria de deixar a vida organizada para minha mulher e meus filhos. Confesso que achava um pouco cedo, mas não podia reclamar. Minha geração foi testemunha de uma história movimentada, em perpétua transição, rica em fatos, velocidade, desenvolvimento, sonhos e desilusões.

A segunda guerra terminou, a ditadura Vargas se foi. O *rock* se impôs, o Brasil se industrializou, automóveis passaram a nascer aqui, penetramos na época do plástico, do *long-play*, liquidificadores, lavadoras de roupa, geladeiras, do detergente, do bombrill e da Qboa, fogões a gás, desodorantes, sofremos com a derrota de 50 no Maracanã, percebemos que os velhos armazéns de caderneta começavam a morrer com os supermercados, vimos a televisão nascer e crescer e o Cadillac fenecer como símbolo de riqueza e *status*. Sabíamos da guerra fria, nos fantasiamos de *hippies*, pregamos a liberdade sexual até a promiscuidade, fumamos maconha e tomamos LSD, fomos contemporâneos dos Beatles, James Dean, Marilyn Monroe, Bertrand Russel, Brigitte Bardot, Nico Fidenco, Rita Pavone e Pepino de Capri, cinema novo e cinema *nouveau*, odiamos a covardia de Jânio renunciando.

Nossas namoradas usaram minissaia, descobriram o corpo, exibiram fartamente as coxas, fizeram *topless*, e aconteceu Woodstock, Bob Dylan, Jimmy Hendrix, Janis Joplin, libertários, assim como no futuro próximo viriam Jim Morrison e Sid Vicious.

Os poetas fizeram leituras em praças e bares, como os *beatniks* americanos, idolatramos Jean Seberg, achamos que a revolução cubana mudaria a face da América Latina, vimos Jango cair, os militares se instalarem, sofremos com a censura e os atos institucionais, tivemos medo da tortura, repressão, terrorismo, vimos os amigos tombarem na luta armada, aceitamos a existência de mundos paralelos, discos-voadores e guitarras elétricas junto aos tamborins da MPB.

Aplaudimos o teatro político-social do Arena e do Oficina, amamos Dina Sfat e Leila Diniz, rimos com *O Pasquim*, nossa válvula de escape, cantamos em todos os festivais de MPB que revelaram Gil, Chico, Elis Regina, Bethânia, acreditamos que a Jovem Guarda era revolucionária, dançamos com *Os Mutantes*, e continuamos a dançar *twist, chá-chá-chá, letkiss*, passamos do telefone à manivela para o celular, constatamos que as universidades proliferaram como cogumelos após a chuva, descobrimos o marketing, a mídia, os esportes radicais, a aeróbica, a musculação, o culto ao corpo, os homens foram fazer cirurgia plástica, nasceram o Mercado Comum Europeu, o nacionalismo exaltado, o conservadorismo, diluíram-se as noções de esquerda e direita, os seqüestros se tornaram cotidianos, bebemos leite em caixas, vemos e fazemos o sexo total, o sexo explícito, recebemos os exilados expatriados pela ditadura, apostamos nos sandinistas da Nicarágua, participamos da transição para a democracia, fomos para as ruas com as Diretas Já, achamos que o PT era o partido que nascia para ser verdadeiro.

Ganhamos buracos de ozônio e chuvas ácidas, entronizamos os computadores e num instante nossas vidas se viram informatizadas, não há quem não esteja na Internet, os filmes deixaram de lado as histórias e as emoções para se transformarem em pirotecnia de efeitos especiais, as distâncias diminuíram, a Europa ficou a apenas algumas horas de São Paulo.

Desde a infância tivemos os ídolos mais diferentes: Fred Astaire, Esther Williams, Rita Hayworth, Gene Kelly, Judy Garland, Jane Russel, Cyd Charisse, Silvana Mangano, Antonella Lualdi, Nélia Paula, Juscelino, Albert Camus, Sartre, Kerouac, Fellini, Antonioni, Visconti, Marcello Mastroianni, Hemingway, John dos Passos, Marta Rocha, Luz Del Fuego, Elvira Pagã, Norman Mailer, Anouk Aimé, Jeanne Moreau,

Kennedy, Luther King, Elvis Presley, Che Guevara, Kruchev, Louis Armstrong, Duke Ellington, João Gilberto, Tom Jobim, Joan Baez, Bob Dylan, Gorbachev, Lech Walesa, Godard, Jorge Amado, Graciliano Ramos, Antônio Callado, Eliane Lage, Eliane Macedo, Oscarito, Glauber Rocha, Cacilda Becker, Glenn Miller, Paul Anka, Nancy Sinatra, The Platers, Márcio Moreira Alves e Fernando Gabeira.

As ferrovias morreram, estações se transformaram em supermercados ou centros culturais, a medicina realizou transplantes de coração e fígado, a igreja católica passou a rezar as missas em português. Aplaudimos as revistas de Walter Pinto, Carlos Machado e Zilco Ribeiro, a Atlântida e a Vera Cruz, *O Cangaceiro, O Pagador de Promessas, Deus e o Diabo na Terra do Sol, O Rei da Vela, Os Pequenos Burgueses,* a bossa nova, a Pop-Art, a arte conceitual, testemunhamos as Marchas pela Família, Tradição e Propriedade, Maio de 68, a chegada do homem à lua, o campeonato mundial de futebol, o bi, o tri, o tetra, Garrincha e Tostão, a África descolonizada, a guerra do Vietnã, a Teologia da Libertação, as Bienais de Arte de São Paulo, os *punks*, a tevê, o vídeo, a manifestação da Praça da Paz Celestial, o *impeachment* de Collor, a aids, as camisinhas, os caras-pintadas, a queda do muro de Berlim, o socialismo em crise, homossexuais se casando legalmente, lésbicas querendo filhos, amamos Sônia Braga, Malu Mader, Vera Fischer e Patrícia Pilar. E estamos presenciando a globalização e o neoliberalismo.

Videoclipe sumário de uma geração que chega aos 60 anos e não pode reclamar que a história não tenha sido farta, veloz, surpreendente, crítica, confusa, *nonsense*, promissora, cheia de desilusões, sonhos partidos. Obtive compensações desde que descobri como é bom e divertido escrever livros, as pessoas nos amam por eles, podemos alimentar ilusões e fantasias. Quiseram que os escritores de minha geração fizessem a revolução através dos livros, éramos obrigados a colocar armas nas mãos dos que nos lessem, sobrevivemos encostados no paredão das missões e funções da literatura, tivemos os fuzis da ideologia apontados em nossa direção, nos arrastamos por anos e anos, prontos a ser abatidos. Até descobrirmos que bastava escrever, nada mais. Até aí, muitas cabeças boas foram decepadas.

Michael Harris, do jornal *Los Angeles Times*, comentando o livro *Golf Dreams*, de John Updike, escreveu: "A tarefa de um romancista é expressar a vida e não lamentar sua confusão e variedade". É o que tenho tentado fazer. Em vinte livros há uns melhores, outros piores, é natural. Consegui erguer a cabeça um pouco acima da média, tenho de pagar por isso, é a regra oculta do jogo. A cada década lemos que a literatura está condenada e que se espera o grande romance brasileiro pós-60. Fiz minhas viagens, vi coisas novas, tive uma visão diferente do Brasil, ganhei uma segunda cidade em meu coração, Berlim. Claro que uma Berlim diferente dessa de hoje, sem o muro e sem o aspecto singular que a fazia única. Não quero dizer que o muro tenha sido bom, nem tenho nostalgia de um lugar que me parecia uma redoma. Berlim me deixava clara a noção de cúpula geodésica proposta por Buckminster

Füller. Ali fugi de tudo e de mim mesmo. Não gostaria de morrer antes de retornar aos meus lugares favoritos. Lugares onde encontrei a paz. Voltar às ruas desertas que percorri solitariamente. Como amava aquela solitude! Jamais consegui entender por que Berlim me tocou tanto, se nada tinha que ver comigo. Ou tem? Uma pista me foi dada ao reler Somerset Maugham, escritor popular que nos chegava através da Coleção Nobel, da Globo de Porto Alegre. Um de seus livros mais lidos era *Um Gosto e Seis Vinténs* (*The Moon and Six Pence*), vagamente inspirado na vida de Gauguin.

O narrador, ao visitar o Taiti, de cultura e civilização tão opostas à européia, entende por que o pintor ali se refugiou e produziu o melhor de sua obra: "Tenho a impressão de que alguns homens não nascem no seu devido lugar. No canto do mundo para onde o acaso os atirou, guardam a nostalgia de um lugar desconhecido. Continuam sempre estrangeiros em sua terra; as estradas que cruzam desde a infância, as ruas populosas onde brincaram, continuam para eles um simples ponto de passagem. Isolados a vida inteira no seio da própria família, conservam-se indiferentes às únicas paisagens que viram. Será isso que incita certos indivíduos a procurar muito longe um atrativo para uma vida sem finalidade? Será um atavismo profundo que traz o vagabundo à terra que os seus antepassados abandonaram nas origens confusas da História? Às vezes, encontram lugares que os prendem com laços misteriosos. Sentem-se como se esses horizontes sempre lhes tivessem sido familiares. Lá, enfim, encontram a paz". Elizabeth Bishop, a poetisa americana, em *Esforços do Afeto e Outras Histórias* faz uma citação que também me ajuda. Há no mundo pessoas que dizem bem aquilo que, às vezes, temos dificuldade de exprimir. Bishop cita Nataniel Hawthorne em *A Agência de Empregos*: "Quero meu lugar, um lugar que seja meu, meu verdadeiro lugar no mundo, minha esfera, a coisa que a Natureza me destinou a fazer [...] e que passei a vida inteira procurando em vão".

Gostaria de ter tido maior contato com meus filhos, partilhado mais seus sonhos e angústias, alegrias e dores. Nunca me sentei com eles para ajudá-los em problemas da escola, estivemos longe uns dos outros, as separações têm um lado de dor que nunca é mitigado, os estilhaços atingem os que nada têm a ver, são como balas perdidas que atingem inocentes nos tiroteios entre polícia e traficantes. Deveria ter feito mais por eles e isto me deixa culpado.

Tive sempre um sonho: mudar-me para o Rio de Janeiro. Mantenho com a cidade uma estranha relação de paixão-repulsão. Sempre fui enormemente atraído pelo seu cheiro acre, penetrante, que fica na ponta dos dedos, me excita como uma mulher suada. No Rio, a nossa pele pulsa, mela, a boca se enche de sal, há um mistério jamais resolvido, uma incógnita nas noites abafadas que sufocam e aguçam os nossos desejos. Trinta anos atrás tive uma chance de deixar São Paulo, até hoje me lembro de Jaquito Bloch mostrando uma sala no prédio da Manchete. Ali eu iria fazer a revista *Desfile*, contemplando o mar. Não fui e por décadas sobrevivi na nostalgia de uma cidade que me emociona, inquieta, dá medo, alegria, tesão. Ali sentimos tesão o tempo todo, pelas pessoas, pela atmosfera, pela decadência, pelo espírito. Cidade moderna e tão antiga, cheia de mitos, onde tudo aconteceu, tudo acontece e vai acontecer. No presente, alimenta-se do passado, vive para o futuro, e o enigma é que consegue viver sempre o agora. A história do Brasil sempre passa por ali. Sinônimo de *glamour*, não importa a violência, o *mix*, o medo, a deterioração, o ódio que o Brizola teve dela, apesar de por ela ter sido eleito. Cidade estrela, ela nos é necessária.

Não fui para o Rio. O que me segurou, me impediu? Nada, a não ser a falta de coragem, de um gesto decisivo como tiveram Antônio Torres e João Ubaldo, vindos da Bahia, Márcio Souza, saído de Manaus ou João Antônio, migrante de Osasco. Isto ainda me dói. Como dói nunca ter assistido o *reveillon* em Copacabana ou visto um desfile de escolas no sambódromo. Carrego ainda a nostalgia de uma noite de blecaute no Rio de Janeiro, quando acompanhado de Joana Fomm, percorremos ruas de Ipanema e do Leblon, visitamos a irmã de Lúcio Cardoso. Por horas e horas, o Rio esteve mergulhado na escuridão, havia velas acesas em todas as janelas, o tempo tinha parado, as pessoas eram sem rosto, uma grande lua tentava fugir desesperada do magnetismo do mar. Outra vez, no prédio do fotógrafo José Antônio de Moraes Castilho, em Ipanema, fiquei surpreso ao descer as escadas e descobrir as portas abertas para os corredores, os apartamentos buscando a circulação do ar, casas devassadas, vizinhos gritando para vizinhos, como se todos fossem uma família.

Por que em situações quase limite o homem faz balanços negativos? Para se torturar? É um sentimento sadomasoquista, uma herança do cristianismo? Ria hoje, para chorar amanhã, dizia-se em família. Sofrer é a escada que leva aos céus, ou seja, à salvação. Sofrendo com a culpa pelos gestos não feitos pode me ajudar a expiar meus pecados. Porém, há quantos anos eliminei de meu organismo esta toxina chamada pecado, vivendo simplesmente? Pensar nas coisas positivas me traria mais alegria, todavia justamente esta alegria é condenada, ela significa o prazer. Segundo tudo que me foi imposto na infância e adolescência, pensar nos nossos atos positivos representa arrogância, soberba. O prêmio vem com a humildade e a simplicidade. Será verdade?

Dentro da sociedade voraz

Muitas vezes, pensei que gostaria de ter sido Raymond Radiguet. Um único livro, a morte, e para sempre mitificado na literatura. Ou Rimbaud. Até mesmo Françoise Sagan, que explodiu aos 18 anos num livrinho hoje esquecido, *Bom Dia Tristeza*, que retrata o início de mudanças na sociedade, nos anos 50. Em tempos como este, de mutação veloz, exige-se algo novo, assombroso e diferente, a cada mês, semana ou dia (por que não a cada hora?). Um novo livro, filme, canção, vídeo, quadro, instalação, poema, descoberta científica, tecnológica. A sociedade tornou-se voraz. Para o autor, criador, inventor, seja o que for, o difícil é ajustar-se ao cotidiano normal. É impossível viver apenas como espectador. Temos todos de participar da corrida, sendo que os vencedores se alternam em períodos cada vez mais curtos no pódio. Quem consegue eliminar a ansiedade por não estar no pódio; quem consegue simplesmente viver, tirar prazer e sentir alegria no estar vivo, encontrou o caminho. É excitante observar de fora. Estar à margem da neurose e da absoluta tensão. Não precisar provar nada, sustentar posições, não possuir montes de dinheiro, dispensar o *status*. Ganhar serenidade, atingir a felicidade relativa, uma vez que ela não existe absoluta.

Existem coincidências. Ou cada fato tem na vida um significado que precisamos decodificar? Alguns conseguem e vão por caminhos diferentes, outros prosseguem inalterados, não tocados. O que significava ter recebido um aviso? Por que tantas pessoas carregam aneurismas e não são alertadas como eu fui? Uma tontura inconseqüente me fez atravessar uma fronteira inesperada. Como agir? Coisa para se pensar depois, agora era buscar coragem para enfrentar a operação, o hospital, bisturis, brocas furando a cabeça.

Na revista *Vogue*, onde trabalho, sempre recebo livros, para o registro. Todos os tipos de livros, desde auto-ajuda até reengenharia de empresas, terapias corporais, romances, esoterismo, informática, neurolingüística. Abro, leio *releases*, orelhas, trechos, às vezes até procuro me interessar por administração, divirto-me com os que oferecem "tecnologia para passar a frente de seus concorrentes". Mas, e se o concorrente ler o mesmo livro? O anedotário do futebol conta que certa vez, no vestiário, o técnico do Botafogo do Rio de Janeiro explicava num quadro negro como o time deveria comportar-se em campo. O giz corria, traços mostravam como a bola deveria ser conduzida e passada. Até que Garrincha perguntou: "Me conta se estão ensinando isso também para o outro time? E se eles não fazem como o senhor está esperando que façam?".

Depois de uma triagem, mando para bibliotecas o que não me interessa. Um destes livros me chamou a atenção. Em outros tempos, teria passado por ele, superficialmente: *A Morte Não Existe*, de Ian Currie. *Um século de Pesquisas e Descobertas Sobre a Morte*. O autor falava, com documentos, depoimentos, citações de como é morrer, das experiências com animações, das experiências fora do corpo (isto sempre me fascinou), das manifestações dos mortos entre os vivos, dos relatos do reino além da morte. Li sobre aparições, mortos que precisavam ser libertados, sobre possessões. Bem, talvez haja uma chance de ficar vagando aqui por perto. Seria conveniente? Acho que não. Estar morto e não aceitar a condição de morto deve ser angustiante. Mortos sofrem angústias? A angústia não é física? Morto não tem mais físico, carne, ossos, músculos, tudo é comido. Precisava bagunçar minha cabeça? Não seria melhor acalmar o rabo e ler cientificamente sobre aneurismas? Ler o quê? De que me adianta saber como se formam, por que se formam? O meu está aí, formado, crescido, alimentado. Fui alertado: cuidado com a pressão alta, com as tensões. A pressão alta podia ser controlada com o Norvasc, um comprimido todas as manhãs. Gosto de retirá-los da cartela pela ordem de fileiras. Só para contrariar, retirava um de cima, outro de baixo, um do meio. Nenhuma diferença. Precisamos combater as pequenas manias que se infiltram e nos tornam sistemáticos. O mundo é desordem.

Uma tarde, sem muito o que fazer, sem conseguir me concentrar no trabalho, obcecado por aquela bolha na cabeça, sempre buscando me aquietar, não ficar muito tenso, abri um livro pequeno intitulado *Os Salva-Vidas do Destino*. Fui, é óbvio, atraído pelo subtítulo: *Como se manter à tona nos momentos difíceis.* Como intelectual, sempre desprezei estes livros de auto-ajuda. Caça-níqueis. Tudo depende do momento, da situação, das necessidades. Se estamos afundando, agarramo-nos até numa cobra para nos salvar. Com vergonha, escondido, comecei a ler o que dizia o autor, um certo Paul Coleman, sobre o qual não há nenhuma informação no volume. Folheei aleatoriamente. Bem não faz, mal não faz, experimentemos.

Lendo aqui e ali, li tudo, por mais que considerasse clichê. Há instantes em que lugares comuns acabam fornecendo uma brecha. Aí entendi o porquê desses livros que formam massa compacta de *best-sellers*. As pessoas buscam qualquer coisa para não afundar. Magia, esoterismo, psicologia primária, terapia de fundo de quintal, anjos, religiões, oferta de Deus em templos que antes eram quitandas. Venha a nós o vosso reino. Sei, claro que sei, da manipulação que existe nesse gênero de livros, este é o gancho deles, os espertos. No entanto, entra outro componente. Só quem está bem, está de fora, numa boa, pode reduzir a cacos os argumentos destes livros. É fácil. Quando assiste ao jogo, da arquibancada, o torcedor "sabe" o que fazer com a bola. Analisa, deita falação, cria teorias. Coloque-o dentro do jogo e a situação se modifica, decisões devem ser tomadas em frações de segundos, pedem intuição, sangue-frio, visão abrangente, um olhar grande angular, e talento. Precisamos de talento para viver.

Coleman diz: "A dificuldade reside no fato de que as pessoas que vêem tudo sob o ângulo da catástrofe não equilibram seus pensamentos catastróficos com outros mais razoáveis. Conseqüentemente, ficam mais assustadas em situações que, provavelmente, exigem calma e racionalidade. Uma pesquisa feita pelo doutor Martin Seligman mostrou que os otimistas são pessoas que tendem a não se culpar e que vêem os acontecimentos negativos como sendo de tempo limitado e passíveis de solução (pensamento não-catastrófico). Estas pessoas sofrem riscos menores de entrar em depressão, ficar doentes e até morrer em épocas de adversidade do que os pessimistas, que tendem a se culpar quando uma desgraça acontece e acreditam que os acontecimentos negativos ficarão presentes por muito tempo, afetando grande parte de sua vida".

Ali estava eu, entrando no que Coleman chama a espiral descendente. Tinha de abrir o olho. Seria tudo tão grave? Eu podia morrer, era mais do que certo. Por que estou lendo o livro, eu que ironizo tanto tudo isto? Minha raiva aumentou quando Coleman deu a resposta: "Qualquer coisa que o traga de volta à sua rotina pode ajudar a aliviar a dor, embora a princípio você não consiga extrair muito prazer dessas tarefas". E havia ainda um alerta: "Por que você está se fazendo de vítima?".

Vítima. Será que eu era vítima? Era necessário dar um sentido àquilo tudo. A frase que mais ouvimos nesses momentos é: O tempo resolve. No entanto, como manter-se à tona enquanto se espera? Uma tia procurava me amparar, "uma cirurgia dessas, hoje, é simples, até o açougueiro da esquina fez e já está trabalhando feito um boi". Tudo bem! O açougueiro da esquina devia ser mais forte do que eu, menos intelectualizado, mais objetivo. Ele tinha um problema, fez o que devia fazer, assim como todos os dias corta a carne em bifes. Preconceitos à parte! Qual a diferença entre mim e um açougueiro da esquina quando se trata de vida e morte? Confusão. Não conseguia parar de pensar que, a qualquer instante, o aneurisma poderia sangrar. Dormia e sonhava com o osso de minha cabeça sendo serrado e artérias sendo mexidas. E se houvesse um erro? Deprimido, tornava-me catatônico. Ophir me explicava: "Posso te dar medicamentos, prefiro esperar. Tente atravessar o rio sozinho, é melhor para você, sua auto-confiança. Se não conseguir, vamos construir uma ponte. Quer dizer, te dou remédio". Posso nadar, pensei. Pela primeira vez na vida conto comigo mesmo e não estou em busca de emprego, editor, não estou escrevendo livro, nada. Se falhar comigo, nem vou poder amargar o fracasso, estarei morto.

E se eu olhar pelo outro lado?

Quantos descobrem a bolha só depois que ela sangrou e produziu estragos. Por que eu?

Quem me avisou?

Fui escolhido por alguma razão e tenho a obrigação de estar vivo, batalhar para permanecer por aqui, é tão bom.

Primeiro preciso afastar esta curiosidade de ver o outro lado. Não quero ver nada, é um preço alto, o mais alto que se possa pagar. A vida depois da vida pode existir, só que não passa de consolo. Quero ficar por aqui mais uns anos, vivendo ao lado de Márcia e dos meus filhos, escrevendo, observando o mundo mudar, acordando na madrugada com insônia e escutando o silêncio da cidade, maravilhando-me com as nuvens negras num final de tarde (por que gosto tanto de chuva?), fazendo viagens de trem, ouvindo as músicas que me impulsionam a escrever, pentelhando os críticos e os acadêmicos, vivendo minhas loucas fantasias.

Devo ser alguém especial para ter sido selecionado, querem me deixar um tempo ainda pela Terra.

Em algum momento, por alguma razão, cada um descobre que é especial, através de um grande gesto ou fato, ou de um pequeno. Depois das hepatites dos anos

60, leram minha mão e viram que a linha da vida quase tinha sido dividida. Afirmaram que ela se mostrava hesitante, havia um novo corte, ela, porém, prosseguia. Este segundo corte seria o aneurisma? Por três vezes escapei de morrer em circunstâncias acidentais.

A primeira foi em Araraquara, aos dezenove anos, quando servia o exército, fazendo o Tiro de Guerra. Certa manhã, no estande de tiros, num terreno afastado da cidade, fiquei com o recruta Paulo Bueno na trincheira debaixo dos alvos, para conferir os tiros dos companheiros. Levávamos um prego no bolso e se, ao olhar os alvos, percebêssemos que o sujeito não tinha acertado nenhum tiro, fazíamos alguns furos, para dar pontuação. Tiro ao alvo podia provocar reprovação, e ninguém queria prestar serviço outra vez, usar aquelas fardas grosseiras e quentes, marchar no verão (Araraquara é quente) era tortura. Num dado momento, alguém muito ruim atirou para tão alto que a bala ricocheteou numa pedra e passou rente à minha cabeça, zunindo como em filmes de faroeste, enterrou-se no barranco à minha frente. Cinco centímetros para o lado, teria acertado minha nuca. Olhei para o lado, Paulo estava branco, perdi a voz.

A segunda foi assim que cheguei a São Paulo. Num sábado, tomei o bonde Avenida 3 e subi a Rua da Consolação, ia ao Cine Ritz, hoje Belas Artes. Ao descer apressado, porque a sessão estava começando e jamais gostei de entrar depois dos letreiros (assim como em futebol tenho de ver o pontapé inicial), dei a volta, como um corisco, por trás do bonde. Quando ia atravessar a rua, fui empurrado de lado por um senhor impaciente que me xingou. Ele passou à minha frente e foi atropelado e morto por um táxi que descia a toda. Se não me empurrasse, teria sido eu. No entanto, era a vez dele.

A terceira vez foi no dia 9 de abril de 1958, fazia um ano que eu trabalhava como repórter no jornal *Última Hora*, do Samuel Wainer. Tenho anotado num diário. Na época, escrevia todas as noites. Ah, como escrevia, deixava de ir a festas, ficava na pensão deserta, era uma coisa compulsiva que me aliviava de uma indefinível angústia. O caderno número 4, de 1958, tem a capa verde com desenhos de atividades esportivas. Bairro do Brás, em frente à estação da Central do Brasil, hoje Rede Ferroviária Federal. O serviço de trens da Central era péssimo e havia protestos constantes. Nessa noite, por causa de atrasos, a coisa estava brava, um quebra-quebra violento, veio muita polícia. Acompanhado pelo fotógrafo, eu ia de um lado para outro. Numa das esquinas estourou um pau sem tamanho, a polícia lançava bombas de gás lacrimogênio, dava tiros. O fotógrafo, eu e um soldado da Aeronáutica começamos a correr, muito próximos um do outro, para ver a coisa de perto. A meio caminho, o soldado caiu. Olhei, ele tinha um buraco no peito, sangrava muito. Meio metro para o lado e o tiro teria me alcançado. Às vezes, penso naquele jovem anônimo, os jornais do dia seguinte nem deram a sua morte (teria morrido?), nem noticiaram o tiro. Que repórter eu era? O morto era assunto.

Três chances de viver. Agora, estava-me sendo dada uma quarta, não podia desperdiçar. Um privilegiado, portanto nada de arriscar. Que vítima, que nada! Uma tarde, em Araraquara, meu sogro ironizou o aneurisma: "Vai ver, essa aí é a bolha assassina". Referência a um filme *cult* de ficção científica. O melhor era marcar logo a cirurgia e conferir.

Testamento? Para deixar o nada?

As coincidências da vida. São coincidências mesmo, situações acidentais, ou existe uma linha a conduzir ações e fatos, fazendo com que se cruzem? Decidi, antes da cirurgia, arrumar minhas coisas. Coloquei os livros em ordem, o que foi fácil, tenho mania de livros no mesmo lugar. Por um momento, tive horror da mesmice e troquei tudo, misturei biografia com cinema, cartas com contos. Classifiquei milhares de cartões postais. Coleciono. Não os de cidade, mas os diferentes, estranhos, encontrados em *marchés-aux-puces* do mundo, em papelarias escondidas nas cidades. Separei os cadernos em branco, que se amontoam na estante (sou comprador compulsivo de cadernos), organizei as contas. Será preciso um testamento? Para deixar o nada? A poupança vai embora na cirurgia, o apartamento está na prestação número 30, ainda faltam 150. Não tenho aposentadoria, apesar de estar em jornal desde 1952. Vários livros para entregar, emprestados aqui e ali. E os originais de meus livros? Será que Márcia, Maria Rita, Daniel e André poderão vendê-los a alguma universidade e assim ter alguma coisa para tocar a vida, enquanto acabam seus cursos? A Universidade Federal de São Carlos, em silêncio, tem comprado bibliotecas de escritores, possui coisas preciosas. Logo vai surpreender pelo valor do acervo. Quem disse que não existe gente incrível neste Brasil?

Não tenho túmulo. Será que se me levarem para Araraquara, a prefeitura me dará um pedaço de terra? No Cemitério de São Bento ainda cabe gente? Na juventude, pulávamos o portão, atravessávamos entre tumbas, para olhar os que namoravam atrás dos muros, ali era o local dos amassos. Contei isto no romance *O Beijo Não Vem da Boca*. Por que as mulheres gostam deste livro e os homens não? O cemitério não estava ligado à idéia de morte e sim à de erotismo, nos masturbávamos nos cantos de muro. Na infância, era agradável saber que alguém tinha morrido, o coroinha que acompanhasse o padre chamado a encomendar o morto recebia gratificação. Dois cruzeiros, o preço da matinê de cinema. Entrava também nas casas, as mais diferentes, gostava de ver como eram por dentro, em algumas me davam bolos e leite. Funerais representavam a possibilidade de ver um ou dois filmes a mais na semana. Torci, rezei, fiz promessa para que um português rico, muito velho, morresse, para que eu pudesse assistir a *O Ladrão de Bagdá*. Carrego assassinatos por pensamento no meu passado.

O túmulo, campa, a lousa, a laje. Basta uma pedra lisa por cima e o nome Loyola, como fui conhecido a vida inteira. Minha família e os íntimos me chamam de

Ignácio. Já assinei Ilo Dutra e Moreira Alves, em jornal, pseudônimos pobres, sem imaginação. Ilo, de Ignácio e Loyola. Dutra, a rua em que morava. Loyola. Nada mais. Ou então ILB 1936. Como se fosse a matrícula de um automóvel. Ou nada. O que interessa quando nasci, morri?

Morremos quando perdemos a paixão pelas pessoas, quando sonhar não nos anima mais, quando escrever livros já não nos atrai. A solução para o túmulo é o nada. Nenhum nome, data. Para quê? Quem irá me procurar no cemitério fazendo turismo necrófilo? Para que visitar cemitérios se podemos pedir pelas pessoas em qualquer lugar onde estejamos? Para lembrarem-se de mim, o melhor é lerem meus livros. Esta é a maior incerteza de quem faz arte. O que vai acontecer? O que ficará? Existe túmulo maior que os livros fechados, esquecidos? Pensando bem, este é meu único medo da morte, ter os livros esquecidos. Quem reedita, busca, fala da obra de Osman Lins, em vida tão endeusado pela crítica? Ninguém sabe onde Mozart foi enterrado. Qual a diferença? A música dele está aí.

Um de meus melhores amigos nos anos de ginásio e curso científico foi o Dedão, apelido do Raphael Luiz Junqueira Thomas, o Danilo do meu romance *Dentes Ao Sol*. Um minigênio, leitor voraz, foi ele quem me indicou Faulkner e Huxley, em volumes abandonados na biblioteca municipal. Fazia as provas de matemática em sonetos, porque não sabia uma só fórmula, porém o professor Ulisses o aprovava, encantado. Era, nos anos 50, talvez o único de Araraquara a ler

Augusto dos Anjos. Decorara tudo, conhecia o EU em cada verso, ele se julgava, assumidamente, a reencarnação do poeta paraibano, possuía aquela alma soturna e autodestrutiva, depositou o talento e a genialidade no fundo das garrafas. E agora me vem o final de um soneto que Dedão declamava sempre, nos finais de noite, quando tínhamos percorrido a cidade inteira, a fazer serenata e a gritar palavrões sob as janelas das famílias. Suaves e inocentes rebeliões. Ao se despedir, Raphael Luiz ia para o meio da rua, e com voz estentórea, proclamava:

Quem me dera morrer então risonho,
Fitando a nebulosa do meu Sonho
E a Via-Láctea da Ilusão que passa!

Só agora entendo que era um grito de vida.

Gostaria que plantassem um jasmim no pequeno terreno de minha sepultura. Ou dama-da-noite. O perfume das damas-da-noite me aperta o coração, me provoca a saudade de coisas acontecidas em um ponto oculto, esquecido, de minha vida. Desta vida ou de outra? Há enigmas que não soluciono. Quando morei em Roma, em 1963, descobri uma rua à beira do rio Tibre inteiramente plantada com jasmins. No verão, o cheiro era atordoante. É das lembranças mais fortes que tenho da cidade, semelhante à da primeira vez em que assisti a *8 e 1/2* numa saleta vizinha à Fontana di Trevi. Também esta ligada a Fellini. Em *A Doce Vida*, Anita Ekberg entra, num longo vestido de noite, nas águas da fonte, na noite deserta, enquanto Marcello Mastroianni, louco de tesão, olha. Aquela fonte conhecíamos desde *A Fonte dos Desejos* (*Three Coins in the Fountain*), o sucesso em cinemascope.

Tinha chegado à cidade, não sabia falar italiano, entrei no cinema, o filme tinha começado. Não compreendia o que se passava, os planos da história se alternavam, havia sonhos, lembranças, *flash-backs*, pensamentos, fantasias. Fiquei para a sessão seguinte, o cinema estava vazio. As imagens eram fascinantes, provocadoras, não importava o entendimento. Bastava deixar-me penetrar pelas ondas magnéticas que a tela emitia, envolvidas pela música de Nino Rotta. Fellini, mais do que qualquer outro, produziu magnetismo. Sua morte trouxe um vácuo, sou um inconformado com ela. A crítica o acusava de autobiográfico, argumento incompreensível. Autobiográfico. E daí? Fellini, irônico, respondeu: "Sou autobiográfico até quando faço filmes sobre um línguado", diz ele na capa do disco (edição CAM, 1963). Deslumbrado por estar em Roma (era minha primeira viagem à Europa), espantado com o filme, no dia seguinte comprei o disco, o roteiro do filme (havia uma bela coleção de roteiros editada pela Rizzoli), comecei a aprender italiano, e fui revendo *8 e 1/2*, amando cada vez mais, porque é o filme que eu gostaria de ter feito, escrito, dirigido, interpretado. Dentro dele queria ter vivido. Há algo de *8 e 1/2* na des/estrutura caótica/organizada de *Zero*. Por que a crítica jamais detetou coisas assim? E olhe que *Zero* foi comentado, falado, gastou-se páginas e páginas com ele, há livros a respeito, até mesmo na Itália. Ainda há poucas críticas comparativas no Brasil, ligando literatura/cinema/pintura/televisão. Há em *8 e 1/2* algo da desestrutura de *Ano Passado em Marienbad* (Alain Resnais, 1961), assim como há em *Easy Rider*, feito por Dennis Hopper em 1969.

Estava em Roma, decidido a me tornar roteirista de cinema. A produção americana entrara em crise e a Itália era a meca de alemães, suecos, americanos, ingleses. Vivia-se o apogeu de filmes comerciais com os Macistes, os épicos históricos, os western-espaguetes, as comediazinhas de praia (a gostosérrima Mariza Allasio, Nino Manfredi, Antonio Cifariello e companhia), a série de policiais *à la* Dario Argento. Mas havia, acima de tudo, o cinema feito por Visconti, Antonioni, Fellini, Bolognini, Rosi, Lizzani, Germi, Lattuada, Risi, Pietrangeli, Pontecorvo, De Santis (como esquecer *Arroz Amargo*, com Silvana Mangano, as coxas de fora, meias pretas, metida no lodaçal e colhendo arroz?), Zurlini, Maselli. Em alguma parte daquela cidade viviam os meus roteiristas ídolos como Flaiano, Pinelli, Amidei, Cecchi d'Amico, Tonino Guerra, Zavattini, Age e Scarpelli. Uma tarde, Fernando de Barros levou-me a um restaurante (acho que se chamava Nino) nas proximidades de Piazza de Espagna, almoçamos com Sergio Amidei, grande, cabelos brancos, um leão imponente, voz autoritária. Claro que fiquei calado. Dizer o quê? Era de uma timidez que doía, de uma insegurança fatídica. Amidei era, ao lado de Zavattini, um dos maiores, estava no cinema desde 1924, tinha escrito para todos os grandes, assinara filmes como *Roma – Cidade Aberta, Paisá, Siusciá, Anos Difíceis, Sob o Sol de Roma, Domingo de Agosto, Stromboli* (o filme que levou Ingrid Bergman para a Itália. Ela se apaixonou por Rossellini, abandonou o marido, foi banida de Hollywood. Um enorme "escândalo" dos anos 50. Que inocência!), *Crônica dos Pobres Amantes* (baseado em Vasco Pratolini), *O Processo de Verona, Os Amantes de Villa Borghese.* Por que não fiz amizade com Amidei, conversador brilhante, esquerdista empenhado em filmes sociais, sem panfletagem ou politicagem? Ele devia estar com sessenta e três anos, escrevera todos os tipos de filmes. Teria me ensinado muito, mas nem tentei cultivar a amizade. A educação recebida e o meu provincianismo me aconselhavam a não invadir, não ser espaçoso, porém há portas que é preciso forçar, empurrar, tentar abrir. Há escrúpulos e escrúpulos e pode-se perdê-los, sem ser inescrupuloso. Somente depois dos trinta comecei a desenvolver táticas de aproximação diplomática, de envolvimento. Aos quarenta aprendi a sair da casca dura em que me envolvi. Agora, divirto-me lembrando situações perdidas no tempo. Talvez invente alguma coisa, nesse meio.

Naqueles meses de 1963, vivia num apartamento aos pés do Monte Mario, na Circonvalazione Clodia. Éramos seis: Wladmir Lündgren, ex-herdeiro das Casas Pernambucanas, morava há anos na Europa, gastara tudo, vivia de roteiros ocasionais, escrevia em italiano e iuguslavo. Celso Faria, ator brasileiro deixara o Brasil levado por uma bandeira: ser astro como Alain Delon ou Marcello Mastroianni. Seu lema: *Do Gigetto para a Via Veneto*. Gigetto era o restaurante paulistano onde se reunia a classe cinematográfica. Uma das histórias que rumino há trinta e três anos é a odisséia de Celso, suas longas tardes romanas deitado na cama, ruminando golpes audaciosos para atrair a mídia, conseguir se aproximar de um produtor, de um agente poderoso, de uma grande estrela. Afinal, ele sabia que o ator Gabriele Tinti tinha feito carreira impulsionado, "apadrinhado", por Anna Magnani ou que Visconti dera um empurrão em Delon. E que empurrão! Esse romance, ambientado nos anos 60, retrata uma época, uma geração, um sonho, o de se internacionalizar. O Brasil se abria para o mundo, ainda que provincianamente. Celso teve a visão, percebeu que ocorria alguma coisa, foi atrás. Há detalhes curiosos. O pai dele tinha vivido em Hollywood e fez pontas em filmes de Rodolfo Valentino. Bancava os sonhos do filho. Dividíamos o aluguel do apartamento com três *starlets*, que tinham feito figuração em *Cleópatra*, o filme de Liz Taylor que arruinou a Fox. Elas lutavam desesperadamente pela carreira, cheias de ambição, os olhos fulgurando numa Roma repleta de mulheres lindas e dispostas a tudo. Pouco conseguiram. Nunca mais soube delas e olhem que tenho visto filmes sem conta. Penso se estarão vivas, casadas, bêbadas, drogadas. Que histórias contam aos filhos, amigos? Só me veio o nome de uma, Laura Brown. Chegou a fazer um bom papel em *Copacabana Palace*, de Steno, co-produção com o Brasil. A outra era ex-mulher de Henry Silva, o ator americano especialista em papéis de durão. Ela carregava por toda a parte um detestável cachorrinho. Por que me ocorrem estas recordações agora? Roma foi um tempo feliz, porém profundamente solitário.

Na verdade, nunca me empenhei naquele sonho, o do roteirista. Não batalhei até a morte para aprender o italiano, saber escrever. Não me aproximei de ninguém – nem sabia como – apenas fui vivendo, vivendo. Estes pensamentos dispersos se ligam. Estarei agora pouco empenhado na luta pela minha vida? Sempre deixei as coisas correrem, elas foram acontecendo por acaso ou porque tinham de acontecer dessa maneira. Até mesmo ser escritor entrou num certo momento como única via para alguém que não tinha projetos de vida. Através da existência, contentei-me em ser sonhador, refugiando-me em desejos oníricos e extravagantes, que se esfumaram e foram substituídos por outros, mais delirantes. Assim, escrever, inventar mil vidas, para mim e meus personagens, tornou-se a minha droga, me vi dependente da escrita e da imaginação.

Por isso me assusta este aneurisma encravado no cérebro, porque ele é real, tem de ser encarado, assumido, extirpado. Escrevi uma noveleta de 50 páginas, *As Velhas Senhoras Norte-Americanas do Café da Galeria Colonna*. Todos os finais de tarde eu me instalava naquele café, na Via Del Corso, observando as velhas americanas extravagantemente pintadas, calçando sapatos que me pareciam ortopédicos, encantadas com um cantor romântico que imitava Fred Bongusto. Todas as tardes, este cantor iniciava com a mesma canção, *Amore Fermati...* e elas deliravam, encantadas. Jamais publiquei esta noveleta, ainda que a tenha guardado, é um estranho texto, escrito por outro Ignácio. Há somente uma parte de que gosto, está bem-realizada. É quando o personagem vai visitar Cinecittá e toma o bonde verde número 15, imaginando-o lotado pelas estrelinhas, figurantes, candidatos a extras, pontas. Anos mais tarde, em *A Entrevista*, vi que também Fellini utilizou muito este bonde. No filme só não aparece o número, mas era o 15, ele me levou a uma visita para um estúdio deserto (claro que pedi para ver o palco número 5, aquele onde Fellini, fazendo blague, disse ter nascido), sem nenhuma produção, com um guia nostálgico explicando que em 1950 eram três mil trabalhadores, em 1963 apenas trezentos.

Percebo que minhas recordações são quase pro-saicas e me envergonho delas quando leio livros em que os autores contam como encontraram pessoas importantes, conviveram com criadores, estadistas, loucos, mulheres belas e passaram o tempo em dis-cussões fantásticas. Meus jasmins, trepadas atrás do cemitério, sessões de cinema, gorjetas para funerais, esfumam-se, apagam-se, ridicularizados pelas lem-branças de um Otavio Paz em viagem (*Vislumbres da Índia*). Se isto é o que tenho, melhor calar-me. Paz, na introdução desse livro, conta como escrevia poesia ao anoitecer em Deli, ia a comícios com Albert Camus, era amigo de Henri Michaux, bebia com André Breton, recebia prêmios internacionais. Íntimo de Indira

Gandhi, privou com Nehru, saltava de Paris a Kyoto. Discutiu o Gita e os sutras budistas e entrava em polêmica sobre as heresias cátaras. Seu texto é límpido e brilhante, porém ele nos esmaga na porta de entrada, advertindo: saiba com quem está falando. E Paul Bowles – cujo *O Céu que Nos Protege* admiro (filme e livro) – em *Tantos Caminhos*, relata centenas de viagens, estando com Thornton Wilder, Gertrude Stein, Aaron Copland (com quem dividiu apartamento), Miró, comendo frutas com Manoel de Falla, trocando idéias com Djuna Barnes. Em cada página desfilam personagens, pessoas que criaram a cultura do mundo nas últimas décadas.

Bowles é menos pomposo, ostentatório, não coloca distância. Seus deslocamentos pelo mundo, quase desesperados, como se estivesse em busca de um lugar – e encontrou finalmente, Tanger – essa fascinação pelo Marrocos, atravessando desertos, fumando haxixe e outras drogas, evoca a nossa geração de 70, exilada ou auto-exilada, que buscava sonhos e criava músicas ou peças de teatro, filmes ou poemas. Enquanto a geração atual, que não se conforma com este país neoliberal de desemprego, falências, sem chances para os jovens, desloca-se em busca de ofícios, carreiras, profissões, dinheiro, nos EUA ou no Japão. Nos anos 60 e 70 ia-se lavar pratos em Londres, puxar fumo, tomar LSD, fazer música, escrever livro, fazer filmes (Gil, Mautner, Bivar, José Vicente, Leilah, Odete Lara, Glauber), hoje vai-se em busca de um futuro com 1 milhão de dólares. Nos anos 60 e 70, o primeiro mundo acolhia os deserdados do mundo por causa da política, dava refúgio aos inconformados. Nos anos 90, rejeita os estrangeiros, as nações se fecham em nacionalismos exaltados, até mesmo Portugal, que era nosso parceiro europeu. A guerra religiosa retorna. Inquisições espoucam aqui e ali, no Irã, na Croácia, em Israel.

Tenho ou não medo da morte?

Devaneios. Aquilo que coloquei em meu personagem Pedro Quimera (*O Anjo do Adeus*), cuja mente viaja nas situações mais singulares, é parte de mim. Minha cabeça foge, não quero enfrentar que preciso aceitar esta cirurgia, não posso pensar nela como se fosse uma trepanação, afinal, não vão me arrancar o cérebro. A sensação que tenho nestes dias que antecedem a operação é a de uma ressaca sem fim, até mesmo a tontura que me conduziu a tudo isto desapareceu. Aonde foi? Por que apareceu? Apenas para me avisar? Suponhamos que eu morra. O mais prático será mesmo a cremação. Depois, joguem minhas cinzas no Jardim da Independência, ele fez parte de minha vida, foi motivo de contos e crônicas. Suas plantas, seus cheiros mudavam ao correr do dia. Eu conhecia todos. Hoje está arruinado. Ali brinquei, coloquei cenas de livros (*Dentes ao Sol*), ali filmamos uma seqüência de um filme desaparecido, o *Aurora de Uma Cidade*, realizado em 1953 (não terminado), ali se namorava, estudava-se à noite, antes dos exames mais difíceis, com a cabeça cheia de Pervitin (ainda existe?), olhavam-se as moças sentadas, pernas cruzadas, joelhos de fora, pedacinhos de coxa aparecendo. O jardim perdeu quase todas as suas funções, agora é apenas ponto de passagem, ponto de maconheiros, as árvores estão apodrecendo e morrendo, os canteiros não são refeitos, não se contratam mais jardineiros que tenham amor às plantas, o que existe é uma pessoa que varre, rega, mal conhece o trabalho de cuidar, cultivar, desenhar canteiros.

Percebo que, no fundo, não tenho medo da morte, não penso se fui bom ou mau, apesar de educado no rigor católico que me induzia a regular bem a vida, para alcançar a salvação. Porém, num instante qualquer, devo ter percebido que o sacrifício exigido era grande, e céu-inferno-purgatório não passavam de hipóteses. Viver solto, portanto, é um jogo. Se nada existir, ganhamos. Se houver punições e prêmios, depois, fazer o quê? Tenho hoje aquela tranqüilidade de São Luís Gonzaga, relatada por Philipe Ariés em *O Homem Diante da Morte*: "Certo dia em que o jovem santo jogava bola, perguntaram-lhe o que faria se soubesse que ia morrer. Imagina-se o que um monge do século X ao XIV teria respondido: que cessaria todas as atividades do mundo, que se consagraria inteiramente à oração e à penitência, que se fecharia num eremitério onde nada mais pudesse desviar seu pensamento da salvação. Mas o jovem santo da Contra-Reforma respondeu simplesmente que continuaria jogando bola".

O TERROR COMEÇA
QUANDO SE ASSUME:
POSSO MORRER.
O ANEURISMA É UMA
GRANADA DENTRO
DE MINHA CABEÇA.
PODE EXPLODIR
A QUALQUER
MOMENTO. ANTES
DA ESQUINA. ANTES
QUE EU TERMINE
ESTA PALAVRA.
NO BANHEIRO,
DE CALÇAS
ABAIXADAS.

Quando a morte é certeza

Fui relendo anotações, contos esboçados e não continuados. Aqui entra a coincidência. Ou o quê? Numa das pastas encontrei oitenta páginas de um romance começado em 1986 e não terminado. Ganhou vários títulos: *O Engolidor de Brincos, O Sucesso do Fracasso, Prazer e Dor dos Anônimos, o Duplo no Espelho*. História de um homem que, por ser sósia de um grande ator e jamais ter conseguido fazer carreira na televisão, decide morrer.

Na lauda 18 (não encontrei as anteriores), o entretítulo:

Surpresa

Os problemas e angústias começam quando se assume, com toda a certeza, que se vai morrer. Ninguém pensa nisso, ou pensa apenas ocasionalmente, sem convicção. É uma hipótese remota, lançada longe, descartamos que possa ocorrer hoje ou amanhã. Existem mesmo os que acreditam na possibilidade de ela não acontecer. Como o megaempresário que assegurava nas reuniões: "se um dia eu vier a faltar...". Enfatizava o se, era uma condicional e se acontecesse, sua morte seria inusitada, inadmissível. Talvez suspeita. Todavia, há um momento em que certas pessoas conhecem a verdade; é a revelação. A certeza de que se vai morrer entranha-se, é palpável. Com um arrepio no coração, admite-se: a partir de agora pode ser a qualquer momento. Nem sempre é preciso ter esta revelação, às vezes basta pensar com insistência ou fixação, no tema: a morte.

O que sabemos, em qualquer circunstância, é que se trata de um instante inesperado. Ao se penar muito, cria-se a ansiedade: quando chegará este esperado inesperado? De que maneira vai nos atingir?

Circunstâncias

O primeiro medo não é o da morte em si – afinal, não a conhecemos –, mas das condições em que nos encontramos quando ela chegar. Será andando na rua? Entrando num táxi, tomando café num bar, ao nos virarmos para olhar a bunda de uma mulher gostosa, ao entregarmos o cheque ao caixa do banco (e será que o caixa descontará o dinheiro e ficará para ele?), lambendo um sorvete, fazendo um gargarejo, em cima de uma mulher, chupando uma xoxotinha (as mulheres em geral implicam com esta palavra), soltando um peido prolongado, sentado na privada, dentro de um cinema suspeito (às vezes há bons filmes em cinemas suspeitos), tomando um banho, assinando um contrato, correndo atrás de um trombadinha, cagando, pedindo uma pamonha naquela Brasília que atormenta os bairros, aos domingos, com seus alto-falantes, atravessando a catraca de um ônibus, na reunião do condomínio, telefonando de um orelhão, apostando na Sena (e se alguém apa-

nha meu volante e ganha?), lambendo um selo no correio, olhando avião no aeroporto, comendo um sanduíche no McDonalds (que vergonha!)? E se caímos na hora em que estamos passando perto de um travesti e ele se abaixa para olhar e vão dizer que tínhamos um caso?

Anônimo

Quando ele se deu conta de que a morte era total possibilidade (concreta), teve pavor de cair sem documentos no bolso, ser levado ao Instituto Médico Legal, sem que ninguém o reconhecesse. Ficar um dia, uma semana na geladeira e ser dado como indigente. Ser enterrado numa vala comum, desaparecer de vez e os amigos e a família supondo que ele estivesse desaparecido e não morto. Dissolver-se anônimo deixava-o fora de si. Há o caso de Mozart. Ninguém tem idéia de onde ele foi enterrado, mas já era Mozart, existiam suas músicas, quem precisa de um cadáver apodrecido? Este horror levou-o a proceder a uma investigação minuciosa: saber o que acontece quando é descoberto um morto sem identificação. O procedimento da polícia. Há alguma busca ou apenas se coloca o corpo numa geladeira e se espera pela família ou conhecidos? Contatam-se outras cidades, há indagações e comparações através de computador? Vez ou outra ele se sentia ridículo com suas idéias a respeito da polícia e da administração, no fundo sabia que nada era assim, o que aumentava sua angústia.

Cuecas

Houve tempo em que costumava dar escapadas, fugia da família, passava dias longe de casa. Então, imaginava que podia morrer e ria ao pensar na polícia dando com o corpo e nenhum documento nos bolsos, nenhuma etiqueta nas roupas. Os policiais: E esse aí? Quem será? Bem-vestido, bem-calçado, cuecas ótimas – porque cuecas sempre foram mania – meias de seda, dinheiro no bolso. Perplexidade. Nesse tempo, morrer era hipótese distante. Tudo se modificou quando ele assumiu: "Posso mesmo, vou morrer!". Surgiu a questão aflitiva: Darei novo passo? Vou chegar àquela esquina? Vou entrar no bar e comer um pastel? Irei ao cinema esta noite? Este dinheiro que acabo de receber será usado?

Essência

Nesse momento, a noção de transitoriedade se aprofundou, tornou-se palpável. Este gesto, este olhar podem ser os últimos? Cada objeto, coisa olhada, passou a adquirir um simbolismo muito forte, o olhar demorava-se mais, tentando apreender a essência. Pena que tenhamos esse tipo de olhar aguçado somente quando intuímos que a morte é certa. Um amigo, aidético, revelou que conseguia saber o que as pessoas estavam pensando, enxergava a alma das flores, percebia o espaço existente entre a cor e a superfície de um objeto, ouvia sons, microvibrações. Se estas sensações pudessem ser desenvolvidas pelos humanos o

*tempo inteiro, e não apenas na presença da morte,
talvez pudéssemos nortear melhor nossas vidas, desfrutar mais intensamente a existência. Cada ato,
palavra, passo, olhar, revestido de novos significados e
percepções. Haveria neles uma aura de eternidade,
conferida por nós. Faríamos durar o ato, a palavra, o
passo e o olhar, executando cada gesto como algo que
se assemelha à fissão do atomo. Uma desintegração
por inteiro, devorando com prazer cada uma das
micropartículas, sem pressa, dispondo de todo o tempo
do mundo, uma vez que a noção do tempo se encontra dissolvida, inútil.*

Terminava aqui. O resto deve estar numa pasta.
Há tantas, cheias de papéis. Fiquei interessado, quem
sabe será o próximo projeto. Terei tempo? Por que o
otimismo que me tomou ao perceber que fui um caso
raro, o de ter sido avisado de que havia o aneurisma
(Por que não de 3 mm?), está abalado? Torna-se cada
vez mais tênue à medida que se aproxima o dia de me
internar e me entregar ao bisturi, broca, serra, seja o
que for que vão usar em mim.

– Conhece o neurocirugião Marcos Stavale?

Fiz a pergunta dezenas de vezes, a todos os médicos amigos. Paulinho Dorsa tinha endossado, "com
este fique tranqüilo". Disse-me que jamais me deixaria
nas mãos de alguém em quem não tivesse confiança.
Minha pergunta sempre recebia o sim como resposta;
alguns disseram que não conheciam. No fundo, eu já
tinha decidido, estava mais calmo, com menos medo.

O aneurisma é que devia se comportar, esperar um tempinho. E tome Norvasc para segurar a pressão! Este tem menos efeitos: dor de cabeça, cãibras, dor de barriga, inchaço, má digestão, palpitação, sonolência, vermelhidão na face...

Deveria conhecer o processo? Que covardia! O médico estará pensando: "Nunca tive paciente mais cagão". Ao mesmo tempo, a calma me invadia. Por que não tenho medo da morte? Será que estou desejando? Será uma forma de suicídio que me isenta de responsabilidade?

Os pensamentos que me torturavam nada mais eram que apego à vida. Não ter medo da morte significa apreciar a vida. Aceitar a morte como natural. Não há nada que possa impedi-la, quando chega. E há uma hora determinada. Não é um pensamento fatalista, é a aceitação. A vida tem seus caminhos, o que fazemos em nossa existência é nos ajeitarmos aqui e ali da melhor maneira possível. Alguns com mais sorte, outros com menos. O essencial é trabalharmos com o que nos chega, o que nos é dado, de modo a não nos desesperarmos, termos o pé no chão, tirando o melhor partido. Perguntando: o que houve de bom neste episódio?

Momentos de lucidez, calma

Meu aneurisma não sangrou, não dói, não deu sinal de vida. Somente sinalizou: *existo, veja o que faz, estou te dando tempo*. Não entrei em coma, nem fiquei paralítico, mudo, não perdi o raciocínio. Vou atravessar uma ponte que pode suportar o meu peso. Ou não.

Aonde foi aquele homem que queria viver aventuras?

Não vivi nenhuma emocionante. Esta é a primeira. Passaram-se sessenta anos até que a vida viesse exigir de mim um instante de coragem. Todos nós, em algum momento, nos vemos diante de um, decisivo. Claro, é uma aventura sem muita ação, porque também não é um filme. O clichê me ocorre: a vida é aventura, o tempo inteiro, e pode haver muito mais ação na cabeça de pessoas anônimas, sedentárias, que jamais se deslocam de seu pequeno espaço privado, do que na vida dos chamados grandes aventureiros. Cada um vive sua aventura, desafia seus perigos ao seu modo, porque bem ou mal, consciente ou inconscientemente, desenvolvemos defesas e ataques, nosso modo de ser. Tudo o de que se necessita é um projeto, por menor que seja. Na verdade, não precisamos de muito na vida. Basta vivê-la sabendo olhar, desfrutar o momento, usufruir de cada coisa, mergulhar e não ficar à superfície dos amores, relações, crenças. Ficar ansioso pelo que seja de fato motivo para ansiedade. Não há tempo para se fazer isto? Não será feito, ou será feito o possível, dentro do limite.

Há pessoas que rompem limites? Há. Muitas. Que eu não fique angustiado por não ser uma. Não está em meu temperamento, não é do meu feitio. Não é conformismo nem acomodação, é suportar o real, não viver o imaginário. Quem está falando? Rompemos os limites quando menos esperamos. Nós nos desconhecemos. A imensa maioria não sabe o que vai por dentro. Daí as reações de espanto diante daquele senhor franzino e calmo que enfrentou a arma e dominou um assaltante. As reações parecem inesperadas pelo desconhecimento que temos de nós mesmos e dos outros. Morreu porque reagiu. Porém, aquele que morreu teve o seu gesto, rompeu o seu limite, tentou e perdeu, poderia ter ganho. Existem os que ganham.

Ando pelas ruas e continuo com a sensação de que esta cidade, na qual vivi os últimos quarenta anos (aqui cheguei com vinte) é um pedaço estrangeiro. Gosto desta transfiguração. Ganho uma nova noção de tempo. Elástico, quase interminável. A transitoriedade confere aos meus gestos uma duração perene, como se conferisse imortalidade. Sendo meu último momento, a derradeira parcela de minha vida, não posso morrer enquanto ela durar. Como se eu vivesse em câmera lenta, *slow motion*. A dúvida: qual a duração exata deste átomo de tempo que me é concedido? Quais os limites? Por vezes, a angústia de pensar nesse instante acaba por sufocar. A ansiedade oprime cada osso, o estômago vive contraído, o suspense intolerável, o sistema nervoso se desmorona. A beleza de cada momento parece intolerável, por saber que pode não haver outro, a vida vai extinguir-se dentro dele. Quando escrevo, não sei se estarei vivo na linha seguinte, na próxima frase, na palavra a seguir, na letra. E se acabo no f...? Ou no h...?

Morreu ao bater a vírgula, dirão os biógrafos.

Os ensaístas acadêmicos – que adoram os mortos – vão se ocupar por anos dessa letra: qual seria a palavra? Infinitas possibilidades. Teses.

A palavra não concluída. O enigma do F. E nenhum deles cogita de que o H sobre o qual foram escritas milhares de páginas, baseadas em bibliografias extensas, tenha sido erro de digitação.

Ao morrer, a mão escorregou no teclado sensível do computador, pressionando o H.

Surgem dúvidas. Com a possibilidade de morrer a qualquer momento, o melhor é não iniciar nada? Então, ninguém faria mais nada, porque ao nascer estamos condenados à morte. Alguém já disse esta frase, pode ter sido o primeiro homem do mundo. Ou é hora de começar a voar contra o tempo. Voar, correr, tudo é veloz, rápido. Às vezes, ao me curvar para calçar os sapatos, pensava: calçarei os dois? Chegarei a sair deste quarto? Da sala, da casa? Presto atenção à forma do calçado, ao desenho, enfeites. Por que ele é assim e não de outro modo? Por que escolhi este, de amarrar, e não um mocassim mais prático? De tanto olhar, o sapato se transfigura, não é mais calçado, é qualquer coisa que não se pode definir. E a utilidade? Pensar na inversão das utilidades.

Não começar nada que não possa acabar, principalmente tendo um espírito de responsabilidade, um atributo existente no pai, no avô, toda uma família de responsáveis e corretos. Este senso que me leva a cumprir horários, prazos, não assumir dívidas, não me arriscar, fazer as coisas na hora certa, não transgredir nunca. Vai ver, por isso, nas coisas que escrevo eu transgrida. Faço meus personagens romperem limites, se violentarem, porque eu gostaria de uma violentação, de lutar contra este caráter que me obriga a ser um homem certinho, com boa imagem. Então, está aí, esta cirurgia é a violentação de que necessito, ela quebra a monotonia dos dias, rasga o combinado, cancela rotinas, instala a dúvida.

A cidade é feia, chapada, sem graça, ela me agride a cada momento através da sujeira, da miséria, do ar carregado e de cheiro metálico. As grades diante das casas e as pequenas multidões de pedintes e vendedores em cada cruzamento me incomodam. A cada dia que passa, sinto que estou numa corrida, a cada passo o aneurisma pode estourar. Estou dentro de uma loteria e percebo que se não fizer esta cirurgia logo, posso enlouquecer, não vou conviver com a paranóia do suspense, da expectativa mortal.

Noite de hoje, 40 anos atrás

No dia 9 de maio tive de esquecer tudo, camuflar temores por um curto tempo. Viajei para Araraquara, a cidade tinha decidido fazer um grande lançamento de *O Anjo do Adeus*. Em trinta anos de carreira, era a primeira vez que em minha terra se organizava uma celebração de porte, para mim. Ninguém ali, com exceção de parentes próximos, sabia do aneurisma. E se ele estourasse enquanto eu assinava livros? Ao menos, seria no meio de uma festa. Oito da noite. Com a mania que tenho de pontualidade, entrei no *hall* do Teatro Municipal.

O novo teatro. O velho foi demolido. Sem razão, uma arquitetura histórica deu lugar a um edifício modernoso. Por mais de cinqüenta anos, o velho teatro abrigou concertos, convenções políticas e religiosas, dramas, orquestras, declamadores, mágicos, bailados, exposições de pintura e fotografia. Companhias vinham de São Paulo e Rio de Janeiro. Nele Tônia Carrero e Paulo Autran representaram *Huis Clos*, de Sartre, direção de Adolfo Celi. Ali, numa tarde de domingo, Sartre fez palestra aos estudantes de toda a região, exaltando Cuba e pregando a revolução socialista na América Latina. Ao terminar, seguido por Simone de Beauvoir – que não parava de cutucar uma ferida no braço – seguiu para a Faculdade de Letras, onde o discurso foi diferente. Filosofia pura. O auditório não era de estudantes e sim de professores, catedráticos, acadêmicos. *O grand-monde* intelectual. De esquerda, é claro! Esta tarde ficou famosa nos anais da cidade. Foi chamada por Jorge Nagle, ex-reitor da Unesp, como um *grand événement*. Hoje, quando falam dela, é mais para acentuar que o presidente Fernando Henrique Cardoso estava na platéia. O que Sartre disse está no livro *A Conferência de Araraquara (Filosofia Marxista e Ideologia Existencialista)* traduzido por Luis Roberto Salinas Fortes, o Dedeto, e editado há exatamente dez anos.

Os menos intelectuais lembram-se de que nessa tarde a Ferroviária de Esportes jogou contra o Santos, a agitação era grande. Sartre deixou o teatro e foi para a faculdade, no mesmo momento em que Pelé passava, rodeado por um bando de fãs. Na Avenida Duque de Caxias com a Três, os dois grupos encontraram-se, misturaram-se, e o lugar ficou conhecido, por anos, como a esquina de Pelé e Sartre. Nessa esquina meu grupo fazia ponto, à noite, na hora do *footing*, sonhando com a hora de ir embora, conquistar São Paulo. Para nós, era a "esquina da ilusão", referência ao filme da Vera Cruz com Ilka Soares e Alberto Ruschel.

No Municipal o TECA, teatro de arena de Araraquara, encenou todos os seus sucessos. Nos anos cinqüenta havia uma atividade cultural intensa, hoje inexistente no interior. No Municipal eram promovidos os bailes de formatura. Eles foram revividos em *Dentes ao Sol*. Apesar de se passar em outra cidade, inspirei-me nesse teatro para criar a cena do estacionamento em *O Anjo do Adeus*, quando a filha do doutor Maciel é morta.

Nos anos cinqüenta, as companhias de revistas exploravam muito o mercado do interior, como fazem hoje os atores globais depois de uma novela de sucesso. Na rota de Bauru, Ribeirão Preto e São José do Rio Preto, passavam por Araraquara, ficavam uma semana ou duas. As vedetes, em biquínis reduzidíssimos, quase nuas, causavam sensação. Não se falava em outra coisa. Os ricos, com seus Cadillacs, davam em cima das artistas. Morríamos de inveja A excitação era geral, nunca havia chance de se ver, cara a cara, tantas coxas, umbigos, bundas, peitos. Um clima sensual dominava a cidade, as noites eram esperadas com ansiedade. Ficávamos sufocados de desejo. As vedetes usavam o perfume da moda, Tabu. Até hoje, quando sinto esse velho perfume, as imagens voltam, o tesão flutua. As vedetinhas-figurantes faturavam alto nas atividades alternativas, fazendeiros e comerciantes soltavam a grana, surubas rolavam em chácaras e fazendas e hotéis. Havia o grupo que dava em cima dos bailarinos, naquele tempo homossexual pagava para ser comido. Depois que as companhias partiam, podia-se ainda sentir, durante semanas, vindo do palco e dos camarins fechados, o cheiro do Tabu impregnando paredes e madeiras.

Este teatro onde fui assinar livros é novo, moderno, não pertencia à minha geografia sentimental. Começou a fazer parte dela a partir desta noite quente de maio. Duas horas antes de ir para o teatro, deitei-me, a cabeça latejando, um pouco febril, 37,8°. Nosso corpo reage estranhamente às doideiras da cabeça. Seria medo de me decepcionar? Afinal, com exceção de *Depois do Sol,* lançado em 1965, com muita gente, em geral não conseguia reunir mais do que trinta pessoas nos lançamentos em minha própria terra. Há muito tinha desistido. Sem querer mal, apenas não desejando me ferir. Somos assim, temos o ego exacerbado, carente, principalmente quando se trata de ligação com a raiz. Nunca se corta o cordão umbilical. E se o aneurisma me matasse antes de ver a minha gente reunida?

Porém, ao completar trinta anos de carreira, o prefeito Massafera, com a estrutura da Fundarte, prometeu: desta vez, vai ver como Araraquara responde! Mais do que respondeu, me deixou com o dedo amortecido. Se existe coisa que escritor gosta é de amortecer o dedo em noite de autógrafos. Quando entrei no *hall* do teatro, a ansiedade terminou. Repleto. Tive de abrir caminho com os cotovelos. Começaram a surgir caras conhecidas, desconhecidas e familiares. O pânico desses momentos instalou-se: como não ferir suscetibilidades? Luís e João, meus irmãos, atentos, soprando nomes, me salvaram, identificando um e outro. Há pessoas que chegam, com simplicidade e sabedoria, e dizem: "Sou a Nereide". Reconto aqui uma situação acontecida há muitos anos e que está num livro esgotado, *A Rua de Nomes no Ar*, que teve sua edição limitada aos leitores do Círculo do Livro. Certa vez, autografando na feira de Livros de Porto Alegre, ao erguer a cabeça para ver quem era o leitor, porque gosto de contemplar os olhos das pessoas, dei com um homem que me disse:

– Meu nome é Mário Quintana.

– O que é isso, Mário!

– Isso o quê?

– Você precisa se identificar? Quem não te conhece?

– Não é o problema de conhecer. Esta é uma hora em que o escritor sofre. Esquece até o nome do pai!

Boa lição. Mário sabia dos bloqueios, saias justas. Desde então nos lançamentos de livros, mesmo de amigos íntimos, jamais deixei de me apresentar, dizer meu nome.

Nereide. Vizinha de infância, no quintal de sua casa tinha imensa mangueira. Manga-espada, aquela cheia de fios que se prendem nos dentes, boa para apertar, apertar, fazer um furinho na ponta e chupar. O caldo não escorria pelo queixo, manchando a camisa, enfurecendo as mães. Hoje, vou aos restaurantes, trazem-me a manga cortada, num prato, como com o garfo, a fruta perde o gosto. O bom de Araraquara é que em cada quintal havia uma espécie diferente de manga: manteiga, bourbon, rosa, coquinho, coração de boi, espada. Agora, só se encontra a Aden que tem gosto quando damos sorte. Vantagem de hoje, pode-se misturar manga e leite, um verdadeiro "veneno" para crianças. E manga verde com sal dava nó nas tripas.

Algumas pessoas faziam suspense, não me deixavam "consultar" o cartãozinho de identificação que acompanhava cada livro. Esperavam ser reconhecidas, mesmo que entre o último encontro e este tivessem se passado mais de trinta anos.

Intimamente, eu desejava não olhar, poder dizer:

– Você é a Leonice, era Borges, dançava balê, morava na rua Cinco, prima da Beza e da Rosinha – minha primeira namorada.

Ou:

– Você é o Gassem, morava na esquina da Avenida Sete com a rua Dois. Na sua casa ouvi, pela primeira vez, o maior sucesso do final dos anos 40, *Mona Lisa*, acho que na voz do Jorge Goulart.

Por quatro horas, a Araraquara de minha infância, juventude e maturidade desfilou, como numa tela mágica. Como imaginar que aquela prima, doce menina de Bauru que admirávamos tanto (primo não podia namorar prima, era pecado mortal) pudesse se transformar em avó? E a Nena, que era Porto? Figura mitificada da cidade, esguia, elegante, belíssima, pra frente? Tão linda e desejada. O que fez para o tempo não atingi-la, não deixar marcas?

As pessoas circulavam. O Zé, filho do Lazinho, barbeiro. Lazinho que está em *Cães Danados*, agora rebatizado *O Menino que Não Teve Medo do Medo*. Lazinho, de idéias socialistas, me incentivava a deixar a cidade. Ali estava o Rubens, irmão da Marilena Vaz, mulher deslumbrante, sempre com a boca delineada num batom vermelho sangue. E a Aida Maria. A Alda que foi Lupo. Impecável! Súbito, a presença de Aida, da Suely Marchesi, do Zeca Ferrari, transformaram a atmosfera, o tempo confundiu-se, épocas se misturaram, vi-me em meados dos anos 50. Alda. Quantas vezes quis tirá-la para dançar nas festas que aconteciam nas noites de verão e a timidez me transformava em concreto. As festas aconteciam nos quintais, debaixo de mangueiras ou jaboticabeiras, puxava-se uma extensão de luz, cada um levava seu *long-play*. "Traga seu LP", era o convite, mas eu não tinha nem discos 78 rotações, muito menos vitrola, era de uma pobreza franciscana. Por isso, além de crítico de cinema fui colunista social, estava na moda, os ídolos eram Jacinto de Thormes e Ibrahim Sued, e eu podia entrar nos clubes, no Araraquarense e no 22 de Agosto, era chamado para as festas, jantares do Rotary, casamentos. Certa vez, na casa da Vera de Oliveira, hoje mulher do Edson Pereira da Silva, a vitrola tocava *Hernando's Hideway,* uma de minhas músicas favoritas, eu estava feliz olhando para Alda e me encaminhei em sua direção, corajoso, aquela música eu sabia dançar, era um dos sucessos dos anos 50, misto de tango e bolerão, fácil o cuba-libre me embalava, no entanto, ela passou a festa a conversar e dançar com Gilberto Supo, um colega meu de classe, conhecido pela elegância, desembaraço. Quarenta anos separavam aquelas festinhas dessa aqui, e essa é para mim, e sei que a vida de Alda teve momentos-limite, porém seus olhos brilham como em 1956, o tempo foi eliminado. Ali estava o irmão da Cristina que era Moura e tinha o sorriso mais exuberante da cidade e pernas lindíssimas que admirávamos na festa da ginástica. E minha prima-irmã Cecília que chorou, achando que não a reconheci. Pode? Com ela dancei a valsa de formatura, no velho Municipal. Divisei Lourdes Prada, minha professora no primário. O embrião de meus vinte livros começou nas aulas dela, ao me orientar em composição (redação). Chamamos Lourdes para ficar entre nós, na frente. Emocionado, atrapalhei-me, quase deixei cair o microfone, na hora de agradecer ao prefeito.

Cravo sobre gim seco

Alguém veio e me entregou um cravo vermelho. Coloquei dentro de um copo de vinho branco, seco.

Um cravo num copo. Súbito, lembrei: o primeiro livro que escrevi, em 1959 ou 1960, e destruí, tinha por título: *Cravo Sobre Gim Seco*. Uma história que se passava dentro do Juão Sebastião Bar, o templo da bossa-nova em São Paulo. Um bar moderno, um projeto em concreto aparente, dos primeiros da cidade. Ali se via Claudete Soares cantando sentada no piano, Leila Diniz nos degraus da escada, Vinicius de Morais conversando com Paulo Cotrim, dono do Juão, e todos os mitos da época dando sua passada, batendo o ponto. Cotrim, para fazer figura, circulava pelo bar com um copo de gim e um cravo vermelho dentro, era a sua marca. Por que ninguém ainda resgatou a história desse bar?

O meu romance tentava ser um documento sobre a geração que no começo dos anos sessenta partiu para a vida, fazendo jornalismo, teatro, música, filmes. Meu sonho era escrever o *Encontro Marcado* de minha geração. O livro de Fernando Sabino tinha me impressionado. Antônio Cândido leu e detestou: "Tem muitos personagens, eles se confudem, não se diferenciam, todos poderiam ser um só". Timidérrimo, cheguei no papa do ensaio invocando minha condição de araraquarense, afinal, Gilda de Mello e Souza, a mulher dele, tem parentes na cidade, acho que ligados ao Pio Lourenço Correia, o dono da chácara onde Mário de Andrade escreveu *Macunaíma*. Outro que leu foi o Maurice Capovilla, o cineasta que em 1968 adaptaria meu romance *Bebel* para o cinema. A opinião dele, tínhamos a mesma idade, foi mais arrasadora do que a de Cândido. Trinta e cinco anos mais tarde, vinte livros depois, contemplei o cravo sobre vinho seco. Não existem coincidências na vida.

Ao voltar para São Paulo, naquela noite mesmo, estava excitado. Passavam pela minha cabeça as imagens das pessoas, cada uma, uma história, um instante. Por que não contar estas vidas? As partidas de cada um, os afastamentos, as novas ligações, a abdicação dos sonhos, os vencidos, os que tinham dado certo, os que tinham enriquecido. Os desencontros, os reencontros. Os mortos.

Éramos todos sobreviventes, cada qual levara a vida ao seu modo. Passamos por períodos agitados da história do Brasil. Então, aquela noite pode ser o ponto de partida de um romance.

Sentia-me feliz. Tinha sido uma bela festa. Era uma bobagem, mas se eu morresse na cirurgia, ficaria a lembrança deste lançamento. Minha morte surpreenderia. Diriam: "ele parecia tão bem, contente. Quem ia desconfiar que já trouxesse o mal dentro da cabeça? Sabia e não deixou ninguém desconfiar".

Retomei o dia-a-dia, os contatos com os médicos. Comecei os preparativos, a Carta Editorial avisou-me que tinha feito negociações e ajustes com a Amil, meu convênio, o hospital estava liberado. A Global, que publica meus livros, avisou que pagaria parte dos assistentes. O peso começava a tornar-se mais leve. Marcos Stavale, o cirurgião, telefonando sempre, encaminhando. Hoje constato que o deixei decidindo tudo, até mesmo o dia da cirurgia. "Nos finais de semana o hospital é tranqüilo, melhor para você." Depois, tivemos de mudar. Meu filho André, que estudava fora do país, estaria chegando naquela sexta-feira para as férias de verão. Seria traumatizante descer no aeroporto e ser levado a um hospital para ver o pai numa UTI. Eu não queria telefonar falando dos problemas, poderia assustá-lo, torná-lo ansioso, ele me puxou neste aspecto.

Acordava à noite, ouvindo guizos de cascavel no quarto. Ou então, dormindo com o rosto enterrado no travesseiro, abria os olhos e via um poço profundo que atravessava o edifício, o solo formado por camadas de pedras vermelhas. Ligava a tevê, via filmes às três da manhã. O cinema é um belo refúgio e nessas horas mortas a cidade está quieta, ninguém telefona e não há intervalos comerciais nos canais a cabo. Fiquei envolvido por um documentário sobre Napoleão, o maior gênio militar em matéria de mapas, garantia o narrador. Panorâmicas lentas sobre as estepes congeladas da Rússia agravavam minha melancolia. Ninguém como Bonaparte para planejar as batalhas cartograficamente. Gastava o tempo em filmes como *Lágrimas do Céu* (*The Rainmaker*) a garganta me travava diante de cenas como a da solteirona e feiosa Lizzie (Katherine Hepburn) chorando, no momento em que Burt Lancaster, o fazedor de chuva, solta seus cabelos, obrigando-a a repetir: "Eu sou bela". Ela, certa de que era desajeitada e horrorosa, mal consegue balbuciar, quer acreditar que é bela, mas está bloqueada, até que seus olhos se iluminam e ela diz, cheia de convicção: "Sou bela, sou bela". E torna-se bela, porque Katherine Hepburn era capaz de ser feia num minuto e maravilhosa no instante seguinte. A vida de Lizzie, a personagem, muda completamente, ela rompe a carapaça que a impedia de se relacionar direito e viver plenamente. O filme foi dirigido por Joseph Anthony, especialista em adaptar peças teatrais, que, segundo os dicionários de cinema, desapareceu nos anos 70, "sem deixar traços". Outro tema que me fascina: os que somem, mudam a vida por inteiro de um momento para outro, enterram-se, às vezes voluntariamente, no anonimato.

Minha vida teria sido outra se eu não tivesse sido travado por tanto tempo, a partir daquele momento, aos dezesseis anos, quando, introvertido, tímido, fui rejeitado por uma linda loirinha de quinze anos, paquera das aulas noturnas de inglês? "Ele é muito feio", confessou a uma amiga, e aquilo me marcou, me deixou inseguro. Aquela loirinha teve uma vida sofrida e garante que jamais me achou feio, não disse a frase. Apenas na época estava a fim de outro, eu não entrava no seu campo amoroso. Teria eu inventado? Ou a amiga que veio me contar foi sacana, tinha outras intenções? Vai ver que disse. E daí? Aos quinze anos somos os donos do mundo, faz o que quer, diz o que vem à cabeça. A vida foi o que deveria ter sido, fiz a maioria das coisas que desejei, o que minha limitação permitiu. As que não fiz ficam no rol de frustrações, é preciso ter algumas, para seguirmos em frente. Não ter sido bom goleiro, não ter dirigido filmes ou escrito uma peça teatral, não ser um bom dançarino, não ter tomado – na década de 60 – todas aquelas drogas maravilhosas, os LSDs que alteravam as percepções, não ter feito o curso de filosofia nem tentado qualquer faculdade, não ter aprendido o alemão.

Quando me observo nas fotos da época, encontro um jovem magro, de olhar melancólico e sonhador. Talvez eu procurasse um motivo para brigar com a vida, uma razão que me levasse a vingar-me do mundo, a me superar, não me enterrar ali no interior, ser diferente, a mesmice me incomodava. Por que buscamos modos complicados para viver? O que consideramos mesmice pode ser uma forma de levar a vida com simplicidade. É preciso segurança para viver dentro da mesmice e ser feliz, sem se deixar corroer pela monotonia e o tédio.

Passei a semana fazendo pequenas chantagens: "Não posso ser contrariado ou a bolha estoura. Não me deixem tenso, façam as minhas vontades". Estar "doente" traz vantagens, os mimos dos outros. E se a gente não está suficientemente "doente", pode enxergar o olhar que nos dirigem, de inquietação, interrogação. Continuava comprando livros, eles se amontoaram: *Os Deuses Mortos*, de Antônio Bulhões; *Viagem ao Fim da Noite*, de Celine; *O Asfalto Selvagem*, de Nelson Rodrigues; *Ao Entardecer ele Abraçava as árvores*, de Deonísio da Silva; *Contos Reunidos*, de Moacyr Scliar; *Um Nome para Matar*, de Maria Alice Barroso (tão faulkneriana); *Don Giovanni na Sicília*, de Vitaliano Brancatti; *O Que Faz Sammy Correr*, de Budd Schulberg; *À Sombra do Vulcão*, de Malcolm Lowry; *O Clube Dumas*, de Arturo Pérez-Revere; *A Sabedoria dos Idiotas*, de Idries Shah; *Eu, Fellini*, de Charlotte Chandler.

Medo de acordar na UTI

Qual levaria para ler no hospital, depois da cirurgia? Admitia o depois, estava melhorando. Daria para ler? Eu, que não suporto dor de cabeça, por mínima que seja, agüentaria a recuperação? Decerto as dores seriam lancinantes, o mal-estar constante. Cometi um erro. Soube que o filho do Guzo, um jornalista amigo, tinha sido operado de aneurisma. Estava jogando futebol, sentiu uma terrível dor de cabeça, um médico que se encontrava em campo medicou-o, ele foi para casa, as dores voltaram no dia seguinte, piores, e prosseguiram. Levado ao médico, constatou-se: um aneurisma. Tinha sangrado. Queria conversar com meu amigo, mas por acaso quem me atendeu foi o filho. Traçou um quadro que me deixou desesperado: horas e horas de cirurgia, dez dias de UTI, vinte e seis de hospital, dores cruéis, um sofrimento sem fim. Desesperante. E eu pensando em ler.

Naquela noite, Márcia e eu fomos ao Einstein, Marcos queria dar as últimas recomendações. Sexta-feira, eu numa depressão sem tamanho. Duas horas de conversa e me acalmei, a ponto de olhar tranqüilamente os clipes de titânio que o médico me mostrava. "É um igual a este que vou colocar. Não se corta o aneurisma, a gente clipa, isolando-o. É a única maneira. É uma cirurgia lenta, feita à base de paciência e concentração. Das mais delicadas, ainda que das mais violentas. No teu caso, estudamos bem, não há compli-

Anotações do autor no dia da internação

cações, os exames são claros, precisos. Mesmo que aconteça uma catástrofe, e temos de contar com elas, você não perderá raciocínio nem fala, apenas os movimentos do lado esquerdo. Poderá recuperá-los depois de algum tempo, dependendo da intensidade. Você pode morrer também. Preciso dizer isto". E na sua voz mansa, segura, me deixou a par de tudo. A esta altura, não havia mais volta.

– Tenho medo da UTI, dos tubos, da dor, do desconforto da recuperação.

– Cirurgias de aneurismas são tranqüilas, não há dor, a cabeça não dói, não é como em cirurgias de peito ou abdome.

Nossas defesas naturais são incríveis. Acreditei, na hora. Não ia doer. No sábado, ainda fui à Livraria Cultura, as pessoas se reúnem, bebem, conversam.

Contei para um e outro que seria operado na segunda-feira, ficaram perplexos: "E está aqui?". Estava. Era para ficar perplexo. Ali, bebendo, conversando, e a bolha na cabeça. Que não me aprontasse! Lembro-me de que Pedro Herz apertou fortemente minha mão: "Até sábado que vem!". Muita gente em casa para o almoço, Daniel veio de Piracicaba, André chegou, estava assustado, confuso, cansado da viagem e do semestre. Maria Rita, feliz da vida. Quando seus irmãos chegam ela se alegra, a casa se movimenta. Vi pela tevê um dos jogos de sábado, à noite chegou mais gente, parecia festa, não ante-véspera de cirurgia.

Leitores enviavam orações

Telefonemas e mais telefonemas. A crônica que eu tinha escrito para *O Estadão* alertara amigos. Um deles, o Gadelha, ofereceu: "Se precisar, tenho umas economias, uma poupançazinha, pode levar". Deonísio da Silva avisou que, se preciso, faria um empréstimo, traria o dinheiro em mãos. Moacyr Scliar, escritor e médico, de Porto Alegre, perguntou se achava conveniente ele vir para São Paulo dar assistência.

Telegramas, orações, flores, telefonemas. Dona Júlia, avó de uma amiga, mesmo sem me conhecer, mandou o santinho de Nossa Senhora das Cabeças, recebi o meu Santo Antônio, o de Santa Luzia, a oração de Santo Expedito. Iara Vieira, professora e poeta de Aracaju avisou que muita gente tinha ido à igreja, outros acenderam velas na praia de Atalaia. De Vera Cruz, parentes informaram que tinham iniciado novena. Enfim, a corrente pressionava deuses e santos, de todos os lados. Eu não podia decepcionar toda essa gente morrendo. Quando saí para o hospital, na tarde de domingo, levado por Márcia e pelos filhos, carregava uma força e uma energia enorme, por trás do receio. "Estou com medo", disse ao Ophir. "Não estivesse, mandava te internar, claro que é para ter medo." Dias antes, Marcos me chamara para uma conversa. "Quero que entre no centro cirúrgico tranqüilo, sem preocupações. Não pense em custos, pagamentos. Quando estiver bom, outra vez em atividade, conversamos sobre o assunto e vamos ver quanto vai pagar, como vai pagar. Ou se vai pagar." E encerrou. Pediu que não divulgasse seu nome através da mídia, ele e equipe seguem uma ética que prefere a não promoção. Mídia, badalação pela imprensa é uma coisa, meu relato, testemunho é outra, me senti desobrigado.

Impecável, o apartamento A 1066. O janelão oferecia a vista completa do estádio do Morumbi. Bem do São Paulo, para o qual não torço? Mas foi o primeiro time grande que vi na vida, criança ainda, e fiquei deslumbrado com as defesas do goleiro King. Desde então, ser goleiro tornou-se uma obsessão. A pouca altura e a incapacidade me impediram. Fui reconhecendo o quarto, como o gato que cheira tudo. Sei lá por quê, o que me impressiona em hospital são as barras para os pacientes se apoiarem no banheiro. Bateram à porta, entrou uma moça sorridente, trazia uma caixa de chocolates e um bilhete de Dalila Staude, amiga de Berlim. Os amigos da Alemanha são curiosos. Um deles, Ricardo Bada, de Colonia, consegue fazer chegar presentes no dia do meu aniversário ou no da Márcia. Adeline Verino, de Hamburgo, em datas exatas, envia para Maria Rita colagens primorosas com figuras de gatos.

A enfermeira trouxe vasilhame e detergente para colher urina para o exame. Ensinou-me a lavar... o... o... pênis..., disse hesitante. Achei bonito uma pessoa ainda com pudores. O contato constante com doentes e mortes não a congelara. Ainda se ruborizava. Ninguém mais se ruboriza. Fiz o que tinha de fazer e o forte cheiro do detergente medicinal me levou de volta ao hospital da infância, a mulher com o machado nas costelas. Sem experiência, saí pelo corredor com o material na mão, em busca da mesa de atendimento. A enfermeira correu: "Pode deixar, buscamos". Devem buscar, mas eu não me considerava doente. O atendente chegou para me conduzir ao raio-X. Trazia a cadeira de rodas.

– Posso andar
– Não pode. É regulamento.

Deve existir um *lobby* dos fabricantes. Lá fui eu, morrendo de vergonha e brincando de andar de cadeira. Os corredores, gelados. Ao voltar, um senhor me esperava no quarto com um carrinho estranho, cheio de fios. Deitei-me, tirei a camisa, ele colocou os eletrodos em meu peito, avisando, ao passar o algodão embebido em álcool: "Vai sentir um leve frio". Era o eletrocardiograma. Fiquei tenso. Disse à Márcia: "Só falta descobrirem alguma coisa em meu coração".

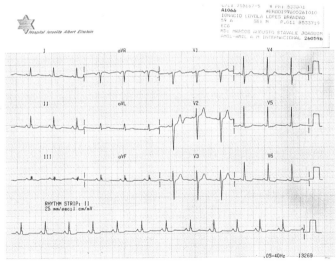

O eletrocardiograma na véspera da cirurgia

Quando se vai a um hospital como visita, olha-se para os doentes que passam em macas, cadeiras de rodas, fazem exercícios nos corredores. Não pertencem ao nosso mundo, são uma curiosidade, podiam estar atrás de vidros de aquários. Nada sabemos de suas doenças, sofrimentos, dores, desesperos. Conservamos o distanciamento, é como se fosse uma peça teatral. *O Livro de Jó*, representado em sua perfeição máxima, por doentes reais e não atores. Somos impregnados por cheiros que não identificamos, que se misturam: éter, pomadas, ungüentos, antibióticos, bálsamos, líquidos, roupas desinfetadas. Há também um cheiro particular, indefinível, que emana dos doentes. Tenho uma tia, Teresa, que estava com minha mãe no quarto do Hospital São Paulo, em Araraquara (não existe mais, construíram um edifício de luxo no lugar), quando sentiu um perfume impressionante, que encheu o cômodo e quase a sufocou. "Maria, de onde vem este perfume maravilhoso, parece coisa do céu?" Minha mãe abriu os olhos tranqüilos, não respondeu. Tia Teresa foi até a janela, estava fechada. Quando voltou, minha mãe tinha acabado de morrer.

Num hospital, contemplando os doentes, instintivamente nos consideramos felizes. Pertencemos ao mundo dos sadios. Para nos compenetrarmos da idéia de sadio/saudável precisamos ultrapassar uma barreira. É necessário estar/ter estado doente. No momento em que preenchemos a ficha de internação nossa condição muda. Somos designados como pacientes. Passamos a ignorar os sadios, a negar sua existência. Assumimos uma posição arrogante, precisamos ser cuidados, amparados, protegidos, salvos. Exigimos, cobramos. Os sadios que têm este dever.

Ao deixar o hospital me entregaram os exames. Conclusão: *Tenho ritmo sinusal e alterações da repolarização ventricular. Freqüência cardíaca: 75 bpm.* Na ficha minha altura é de 1,68 m. Estou começando a imaginar que exista uma unidade padrão. Como aquele senhor simpático avaliou a altura se eu estava deitado? Pelo tamanho da cama? Entre as histórias que circulavam sobre a vigilância na fronteira entre as duas Berlins havia uma curiosa. O vidro diante do guichê registrava diferentes alturas, demarcadas por fios visíveis somente pelos policiais. Se as suas medidas não coincidissem, te investigavam. Nunca temi a altura, o passaporte brasileiro nada registra.

As folhas se enchiam com os chamados. Acima, ligação da viúva do Dedão (ver página 120) com quem não falava desde 1978

161

Visitas como a de Cristina, prima da Márcia, aquela que dorme durante as ressonâncias. Os telefonemas começaram. Nesse domingo eu tinha publicado uma crônica, contando do internamento e da cirurgia na segunda-feira. Marilda, minha prima, trouxe florais, Rescue, para me dar tranqüilidade. Escondíamos dos médicos e enfermeiras, sabe-se lá o que pensam. Veio o anestesista, Nelson Mizumoto, um japonês gigante. Ele é que passou, durante a semana, ao grupo da Livraria Cultura, informações sobre as minhas condições. Depois outro japonês, pequeno, sorridente, o cirurgião plástico, Koshiro Nishikuni. Marcos Stavale deu uma examinada geral. Conversou, tranqüilizando, "está tudo bem, o pulmão, o eletro, estou esperando o exame de urina".

Eu tinha pressa, queria que chegasse logo a cirurgia, para me livrar da inquietação. Gente entrava e saía. Comparei com as longas viagens de avião, quando as comissárias trazem lanchinhos, um copo de vinho, salgadinhos e passam vídeos, servem jantar, exibem filmes, servem café. E o tempo corre sem que a gente se ligue na monotonia da travessia. Não me lembro se me deram alguma coisa para dormir, acordei com o atendente me colocando na cadeira de rodas. Voltei aos corredores gelados, a caminho da ultra-sonografia. A enfermeira pediu desculpas, "você vai sentir um friozinho", me encheu de gel, a médica fez a sonografia. Faltavam poucas horas. O fígado me preocupava, por causa das três hepatites dos anos 60. Resultado: *Eco textura hepática finamente heterogênea e aumentada com atenuação dos ecos distais sem sinais de lesões expansivas focais. Esteatose hepática.* Hieróglifos são mais fáceis.

Surge meu avô, o carpinteiro

Na sexta-feira anterior, tinha escrito algumas crônicas. Uma, a que estava publicada, no 26 de maio, e duas para o domingo, 2 de junho. Deixei com Andrea, minha secretária, dois envelopes. "Se a cirurgia correr bem, publique a crônica 1. Se der catástrofe e eu morrer, publique a 2." Ela ficou perplexa, é menina de vinte e um anos, ruiva, sorridente, divertida, sempre esquecida do que tem a fazer. A crônica 2, num envelope lacrado, era um até logo aos amigos, aos leitores. Até logo, porque mais dia, menos dia, nos encontraremos em alguma parte (então acredito?), na continuação de tudo isto aqui. Quem nunca sonhou com a morte e com a passagem para o outro lado, um mundo que, semelhante ao nosso em configuração, e no entanto invertido, o branco é preto, o bom, ruim, o alto, baixo, a verdade, mentira, os cachorros, gatos, a música, silêncio? "Meus amigos", começava a crônica 2, "por motivo de força maior, não estou mais aqui com vocês", e ia por aí afora. É fácil brincar com a própria morte, quando se tem a certeza que não vamos morrer. Porém, eu estava de pé atrás com o destino. Pois ele não me aprontara aquele aneurisma?

163

Na crônica 1, aquela em que eu contava estar vivo, dizia: *A caminho da sala me veio uma preocupação. O instrumental de que dispõe um neurocirurgião neste final de milênio é afiadíssimo, diria meu avô José Brandão. Marceneiro, trabalhava com formões, machados, serras, estiletes, tudo devia ser bem-afiado para produzir bons resultados. E se com este instrumento delicado, o médico, por curiosidade, num minuto de descanso, resolver dar uma olhadinha no meu lóbulo de maus pensamentos? Deve existir um em meu cérebro.*

Todas as manhãs, ao entrar na oficina dos fundos do quintal, meu avô afiava as ferramentas, impulsionando a roda do esmeril com o pé, num ritmo constante. Havia peças delicadas, que se iam gastando, ao longo dos anos, brilhando como prata. José Maria Brandão, perfeccionista, não iniciava o dia sem a revisão cuidadosa do instrumental. Certa época da vida, ele orientou o amigo e parente Sebastião Bandeira (nome real, que usei em *Não Verás País Nenhum*) a construir peças do motocontínuo, que se tornou lenda na família. Sebastião, um obstinado, viveu décadas tentando montar o aparelho que funcionaria sozinho, por toda a eternidade, sem combustível. Ele concebia as idéias, executava-as toscamente em madeira, e lá ia meu avô elaborar melhor as peças. Sebastião gastou anos entortando arames grossos, prendendo pedaços de madeira, ajustando desenhos, tentando provocar equilíbrio e desequilíbrio, antagonismo que faria o motocontínuo mover-se sem parar. Muitas vezes, registram as recordações familiares, Mário de Andrade, o escritor, descia a Avenida Guaianases, hoje Djalma Dutra, parando no quintal de Sebastião para observar o desenrolar paciente daquela utopia... Mário freqüentava a cidade, a convite de Pio Lourenço Correia, intelectual rico, autor do primeiro estudo sobre o significado da palavra Araraquara. Hospedava-se na bela chácara do bairro do Carmo e foi ali que escreveu *Macunaíma*, nos anos 20. A chácara existe ainda, pertence ao casal Safiotti, Heleieth e Waldemar. Ela, a socióloga, especialista na condição feminina, ele, o autor dos livros de química, em que gerações estudaram, hoje um apaixonado pela política, sempre candidato a alguma coisa. A chácara está quase igual, mantido o banheiro onde Mário escreveu parte do livro, escondido da dona da casa que falava muito, conta-se. A mesinha onde trabalhou encontra-se na biblioteca municipal que leva o seu nome.

Por que Mário nunca escreveu sobre Sebastião Bandeira, homem miúdo, com uma barba de profeta, obcecado por um sonho? O escritor, em finais dos anos 30, começos de 40, gastava uma e outra manhã (fazer o que em Araraquara?), fascinado com as experimentações e a paciência de Bandeira, que ao nosso olhar-criança, não passava de um impertinente. Talvez porque as crianças, que admitem todas as fantasias, não aceitassem a máquina maluca que devia andar sozinha e Sebastião se sentisse ferido pelo ceticismo que adivinhava nos sorrisos. A nossa convicção era a de que quem anda sozinho é carro (estava além de nosso entendimento o motor), assim como é o rádio que fala sozinho (como o locutor sabia o momento em que desligávamos?). Mário tomava o café da Rita, velha magra, que nos espantava por fumar, e era suficientemente bem-humorada para aceitar aquele marido que, no quintal, à sombra de enorme mangueira, deixou os anos correrem, ajustando arames, prendendo madeira e sonhos. Rita Eufrásia Oliveira Xavier de Mendonça, casada com Sebastião de Paula Machado, conhecido como Bandeira, não se sabe por quê, conta-se apenas que a família adorava apelidar todo mundo.

Quando íamos nos confessar, naqueles tempos em que nossas mães nos obrigavam a comungar todos os domingos (por quê?) se não encontrávamos pecados objetivos, saíamos pela tangente. "Tive maus pensamentos." Em geral, os padres não perguntavam que maus pensamentos eram. Porém, um dia, um deles, curioso, talvez pervertido, quis saber de que tipo. Embatuquei. Na verdade, não havia uma divisão clara entre bons e maus. Não havia consciência definida de bom e mau, bem e mal. Aliás, os bons, os gostosos eram considerados maus. Os maus pensamentos envolviam desejos eróticos. Imaginar a vizinha pelada, querer ver o casal da esquina transando, desejar a mulher do dono daquela papelaria, magnífica, desejar as primas, as colegas da escola, a professora, ficar de olho no buraco da fechadura. O segundo escalão envolvia querer roubar frutas, ver um desafeto levando paulada, morrendo, ter vontade de dar pedrada em cachorro e gato.

Ah, como sonhei, pensei, pedi a morte de um menino ruim que me ameaçava sempre, queria porque queria o meu bibloquê. Não encontrei a palavra no Aurélio, nem em dicionário algum; nem sei a ortografia certa, guio-me pela pronúncia da infância. Trata-se do brinquedo em que um pino se une, por um barbante, a uma esfera. Com um movimento, você tem de encaixar a esfera no pino unido. Na rua, dava voltas para não passar perto da casa daquele menino. Ansiava vê-lo morto na linha do trem, atropelado por um caminhão, chifrado pelas boiadas que atravessavam nossa rua, esfaqueado pelo Damião, bandido famoso, um terror.

E se, de repente, esta caixinha é aberta e o médico vê tudo o que penso dos chatos, dos críticos, dos arrogantes, das mulheres gostosas, dos vaidosos, dos corruptos, de quem me telefona na hora do jantar ou quando estou vendo um filme policial, das concessionárias de carros que cobram ágio, das declarações daquele cantor maior que se convenceu de que é deus, a todo mundo dá entrevistas e opiniões sobre todos os assuntos. E tantos outros, tantos. Mas há uma caixinha, setor, segmento que não deve ser mexido. Aquele onde se encontram as idéias. As situações de histórias que ainda não escrevi, estão em embrião, elaboração.

Na reta final, a algumas horas da sala de cirurgia. O tempo se esgota e vem-me a lembrança da novela, *As Neves do Kilimanjaro*, pequena obra-prima de Ernest Hemingway. Na África, um caçador ferido, com a perna gangrenada, espera o avião que trará socorro. Sua camioneta quebrou e ele sabe que o fim está próximo, porém sente apenas cansaço e irritação. Rememora as histórias que não escreveu, sua vida, amores bem-sucedidos e rompimentos. Tem nostalgia do homem que poderia ter sido. Passa o tempo a agredir a mulher, a quem acusa de alguns fracassos. Esta batalha verbal seria retomada por Edward Albee em *Quem Tem Medo de Virginia Woolf?* No entanto, Albee viveu numa época em que a violência verbal podia extrapolar. Hemingway é contido, ainda que extremamente cruel. Anos atrás, José Celso Martinez Correia esteve internado com uma infecção no pé. A ferida não cedia. Ele me ligou, queria muito ler *As Neves do Kilimanjaro*. Não encontrei meu livro, não encontrei em livrarias, Hemingway anda fora do circuito (enquanto seu rival Scott Fitzgerald retorna glorioso). Zé ligava: "Encontre uma cópia, xerox, não é possível não existir". E nada. Ele sarou, deixou o hospital, foi lutar por *As Bacantes* (agora conseguiu encenar). Recentemente, encontrei a novela, num caderno especial editado dentro da revista Senhor (primeira fase). O personagem de Hemingway morre no final.

Os gestos que podiam ter sido feitos. Ter ficado mais junto a Daniel e André, viajado com eles. Frustrei Márcia, cujo sonho sempre foi uma casa cheia de filhos, ela se via como mãezona, mesmo sem saber como conciliar com a carreira de arquiteta. Imagino-a no computador, manejando o Autocad e a criançada em volta. Pensei nas histórias, existem tantas em cadernos cheios de recortes, anotações, fotos, desenhos, manchetes, títulos, situações, personagens, nomes. E o romance tão sonhado sobre o anônimo? O homem desconhecido que desejaria ser célebre, continuando desconhecido, paradoxo que não sei explicar nem desenvolver. Já dei um toque nisto em *O Anjo do Adeus.*

O destino das pessoas que entram para a história, sem ter um lugar, sem que alguém delas se ocupe e destaque sua importância. Pessoas decisivas, que foram apenas leve citação ou ficaram sem nome, sem lugar, não aconteceram. Como os quarenta bailarinos de *A Sagração da Primavera.*

Março de 1913, dia 29, noite fundamental para os tempos modernos. Theatre des Champs-Elysées, em Paris. Com música de Stravinsky e coreografia de Nijinsky, encenou-se *A Sagração da Primavera.* Um espanto ensurdecedor caiu sobre a platéia, dividida entre intelectuais de vanguarda, ansiosos por aplaudir de novo, e uma elite esnobe e enfarpelada, que vaiou, bateu os pés, protestou e provocou o maior escândalo da história do balê, da música, enfim das artes. Os notáveis desta noite, Nijinsky e Stravinsky entrariam para a história, se já não estivessem. Esquecidos, estavam no palco quarenta bailarinos. Sem eles, o balê não existiria. Apenas uma dançarina teve destaque, a senhorita Piltz, que representava a virgem sacrificada. Nunca se falou destes quarenta bailarinos. Não sabemos seus nomes, vidas, carreiras. O que representou aquela noite para cada um. Foram sensíveis para perceber o que acontecia, o que representavam, ou se deixaram abater pelas vaias? Algum encerrou a carreira, traumatizado? Quarenta anônimos, talvez aturdidos, talvez divertidos. O que pensaram, como agiram? O que foi a vida deles, depois? Parceiros desconhecidos de um grito extremado que a arte dá, de tempos em tempos. Grito que marcou a entrada do mundo em uma nova era, que evoluiria rapidamente. E a arte que não grita mais? E se gritar, quem se importa? Nada é escândalo, nada violenta, nada ruge ou espanta.

Milner, o coletor de alfândega. Raríssimos sabem quem é. Ou a sua importância. Sem Milner, não existiria Virginia Woolf. Cerca de um século e meio antes de a escritora nascer, um homem chamado James Stephen naufragou na costa de Dorset. Conseguiu flutuar agarrado a um barrilete de conhaque, deu na costa e foi salvo e hospedado pelo coletor da alfândega, Milner. James casou-se com Sibella, filha de Milner, iniciando a família que daria, em 1882, Virginia. Woolf, pelo casamento com Leonard. Pelas minhas contas, o James do naufrágio foi o trisavô da escritora. Alguém fala de Milner? Ele não passa de meia linha no livro de Quentin Bell e no entanto, ao salvar James, desencadeou tudo: *Os Diários* e livros como *Orlando, Passeio ao Fáriol, As Ondas, Mrs. Dalloway ou O Quarto de Jacó.* E uma das grandes cabeças do grupo de Bloomsbury.

As histórias que se atropelam na minha cabeça não passam de uma imagem mitificada, a do personagem hemingwayano, na savana africana, à espera da morte. Se não escrevi, não vou escrever mais. Mudei de opinião, estes meus cadernos estão cheios de anotações boas, engraçadas, úteis e também de bobagens. Há observações cujo sentido não entendo, não deixei suficientemente explicado. Se soubesse que me resta um tempo determinado de vida, jogaria uma moeda para o ar para decidir se iria me sentar e chupar mangas, comer marmelada, goiabada cascão, rocambole de doce-de-leite, croquete de carne, tomar suco de tamarindo, sorvete de creme suíço (só se faz em Araraquara, é uma tradição), comprar boas grapas sem me preocupar que pudessem me corroer o fígado ou se tentaria enfrentar os livros "essenciais" que jamais abri. Não tenho por que esconder que só li pequeninos trechos de *Ulisses, A Montanha Mágica, Em Busca do Tempo Perdido, Grande Sertão: Veredas, Orlando, Paradiso, A Divina Comédia, A Odisséia, Orgulho e Preconceito, Tristes Trópicos, Memórias de Adriano* e tantos outros (as obras de Borges, Freud, Foucault, sempre citadas, "essenciais") que ocupam semanalmente os cadernos de cultura, estudados, reestudados, analisados, destrinchados à exaustão.

Gostaria de cheirar outra vez bons lança-perfumes, experimentar drogas, aprender a dirigir e me meter nos congestionamentos. Compraria bilhetes de estrada de ferro e circularia pela Europa inteira, adoro os trens europeus, principalmente os suíços. Nunca andei no TGV francês, mas viajei pelo ICE (que não se pronuncia aice, gelo, porque é a abreviatura de Inter-City Express; e de que adianta saber isto?) alemão. Existe ainda o trem-bala japonês, porém o Japão não me atrai. Saltaria em qualquer estação, iria comer no restaurante. Na de Amsterdam existe um, belíssimo. Será que a comida é boa? Escreveria artigos violentos contra tudo e todos que me desgostam no Brasil e no mundo, atacaria presidentes, governadores, prefeitos, empresários ladrões e gananciosos, críticos e desafetos, escritores que acho medíocres, xingaria com todos os nomes, me aliviaria. Queria um pouco de coragem para eliminar meus traços, rasgar todas as fotos, documentos, papéis, manuscritos, não deixar nenhuma informação, a não ser um e outro documento forjado, falsificado, cartas fraudulentas, diários mentirosos. Peidar no cinema e no elevador, arrotar em banquetes, vomitar em restaurantes de luxo, passar bosta nas maçanetas das portas, colocar areia em tanques de gasolina, fazer molecagens bobas. Um destes sonhos infantis é o de conhecer informática o suficiente para poder penetrar nas redes dos bancos e misturar as contas todas. Tem gente que sonha com grandes gestos, eu sonho com os pequenos.

Cabeça aberta, clipam o aneurisma

Vinte e sete de maio. Pelas 10 horas começaram os preparativos. Fiquei ansioso. Não iam me dar nada? Todo mundo falava no tal Dormonide miraculoso que ia me deixar relaxado, numa boa. Gostei daquela Dolantina dos anos 60. Uma injeçãozinha e a vida virou maravilha, os bloqueios se diluíram, acabou-se o medo, enchi-me de coragem.

A enfermeira apareceu com seringa e agulhas, precisava colocar um cateterzinho em meu braço esquerdo, para os soros. E começou a procurar uma veia na parte superior do pulso, jamais imaginei que aqui houvesse uma. "Vai sentir um friozinho", avisou, passando o álcool. Preocupam-se com o friozinho, não com a picada.

Então, espetou. Não pegou a veia. Uma segunda. Nada. Terceira tentativa, a veia fez uma bolha. Na quinta vez, sangrou, pensei: Se um cateterzinho de merda dá este trabalho, imagine o que vai acontecer na hora de me serrarem a cabeça!

A enfermeira, na sétima vez, quase chorou.

– Puxa, fui logo pegar uma veia bailarina!

A minha irritação desapareceu, fiquei com a imagem da veia bailarina. Uma veia que dança, recusa a agulha, tem vontade própria, diz "comigo não, procure outra, me deixe em paz". Não descobri se é gíria de hospital, só sei que a poesia estava ali, naquele momento. Achei linda a gota de sangue que a veia bailarina tinha chorado. A enfermeira desistiu, desconsolada, pediu ajuda, a pessoa que veio foi esperta, procurou outro lugar, me mandou prender a respiração, não senti a picada. Ah, o truque é prender a respiração na hora de a agulha penetrar na veia?

Veio outra com um comprimido. Ah, aqui está! Contava os minutos, a cirurgia estava marcada para as 13h30. Amigos chegavam, como a Cida Alves, mulher de meu editor. Meus filhos. Marilda voltou, telefonavam da *Vogue*. Koshiro, o cirurgião plástico apareceu, sorridente, assistentes do Marcos passavam, lembro-me do Arthur. O frio na barriga continuava, vamos logo com isso. Não tinha medo nem coragem. Esperava que o comprimido me deixasse semi-adormecido, estava mais desperto do que nunca. Ou talvez não estivesse. Telefonemas de Araraquara, de leitores, amigos, avisos de rezas. Sílvia, minha ex-sogra, espírita, dizendo que tinha feito seu pedido, o doutor Bezerra de Menezes estaria comigo. Montava-se uma caravana ecumênica para me acompanhar à sala, não podiam ser melhores os fluidos em torno de mim. Trouxeram a maca, mas acho que, antes, uma enfermeira veio me trocar, me vestiu um camisolão especial, com aberturas para os cateteres que enfiam pelo nosso corpo, me calçaram uma meia grossa, dessas que mulheres com varizes usam. "Para evitar trombose", advertiu o Ophir. Saí da cama sozinho, fui até a maca. Agora entrava na reta final. Olhei para Márcia, disse "até já". Devia ter dito também "eu te amo, obrigado, foram dez anos muito bons. Bons mesmo estes anos em que vivi ao teu lado". Ter dado um beijo. Sentia-me passado. Autômato.

A maca empurrada através do corredor frio, entrava num elevador, subia (ou descia?), entrava em outro corredor. O tempo adquiria a elasticidade do salto na lona, transformava-se em eternidade, eu nunca chegaria, a bolha ia sangrar. Ela precisava agüentar até o momento em que abrissem minha cabeça e fosse neutralizada.

E se o aneurisma pressente e me prepara uma cilada? Por que não escrever uma história a respeito? Se existe até tomate assassino! Era necessário surpreendê-lo, não deixar que suspeitasse que ia ser extirpado. Talvez estivesse desconfiado, quando sentiu a resso-

A maca dispara em direção ao centro cirúrgico. Chegarei a tempo? Resistirei à anestesia? Sairei vivo da mesa? Sobreviverei sem seqüelas? Ou vou me transformar num vegetal lúcido?

nância ou o contraste para a angiografia. Bem, extirpado não! Pinçado, ia ser clipado, perderia o poder. Suas ameaças seriam estéreis. Que não desconfiasse e reagisse, fosse surpreendido logo pela serra, pelo osso sendo retirado. E se ele sangrasse de susto, ao ver a luz forte da sala, as caras dos médicos? Marcos teria tempo de contê-lo, derrubá-lo como um zagueirão ao perceber que o adversário vai fazer o gol? Fui ficando ansioso no corredor, receoso de não chegar a tempo, não acordar mais. Desejando que meus últimos instantes tivessem uma visão mais agradável que aquele teto sem graça que corria por cima da maca. O sono provocado pela anestesia teria sonhos? Tudo ficando confuso. A maca chacoalha sobre o chão irregular. A cabeça, o lóbulo dos maus pensamentos. Estes podem ser meus últimos momentos e encontro-me dopado. Pode ser minha última caminhada e vou de maca. Pode ser a última vez que enxergo o mundo. Meu pânico era entrar na sala de cirurgia, enfrentar o aparato que impressiona leigos, instrumentos cortantes, perfurantes, injeções, bisturis, aparelhos para respirar, controlar as batidas do coração, monitores nos quais o funcionamento do meu coração é simbolizado por uma linha trêmula, irregular.

Deveria ter feito, antes, uma visita de inspeção ao centro cirúrgico, olhar como é, conhecer, familiarizar. O medo vem da imaginação. Desmistificar o clima de terror da instrumentação.

Mergulhando numa atmosfera enevoada, os fragmentos vinham até mim em pequenos raios que me atordoavam. Fazia tudo para desviar a atenção da cirurgia iminente. A história de meu pai, esboçada e adiada momentaneamente pelo livro de Cony, *Quase Memória*. O de Cony não invalida o meu, tivemos pais tão diferentes, todavia seria bobagem escrever agora, principalmente pela mídia que *Quase Memória* recebeu, e pelos prêmios. E a reescritura de *A Vida Feita de Pontas de Areia*, história de um homem que passa 53 anos nas praias recolhendo pontas de areia triangulares? E o conto *O Homem que Procurava uma Cidade Bonita?* E a história baseada na máquina do suicídio do médico inglês Jack Kevorkian? E o conto sobre a casa com lixo acumulado até o teto, descoberta em Saint Paul, Estados Unidos?

Ao abrirem minha cabeça, *dela sairão pedaços de personagens, pessoas sem cabeça, sem braços, sem coração e pensamentos. Sairão loucos e amantes, bandidos, donas de casa, virgens, ninfomaníacas, tarados, vagabundos, eremitas, jornalistas medíocres, desatinados, solitários cheios de ternura pelo mundo (porém, claro, desajustados), avarentos e generosos, sonhadores e ilusionistas, saltimbancos de televisão, pessoas sem rumo, sem casa, sem cidade, sem nome, sem identidade. Pessoas-não pessoas que tumultuarão a sala de cirurgia, porque não pertencem ao real. De minha cabeça saltarão paisagens estranhas, jamais vistas. Porque ainda estou a inventá-las, a criá-las, e há o perigo de o operador, o anestesista e seus assistentes (e se os seios de uma bailarina, as coxas de uma mulher, perturbarem esta concentração?) se perderem*

neste mundo apenas esboçado, sem definições e con-
tornos, não completo, sem limites e fronteiras, onde
tudo pode ocorrer? Mundo sem estradas e mapas, com
montanhas, florestas, rios, cidades, abismos, subterrâ-
neos, vulcões a expelir neve, torres, inundações, que
surgem de repente, dependendo de minha fantasia. E
se os médicos se perderem no interior do meu mundo
imaginário, como orientá-los para voltar e terminar a
cirurgia, se estou inconsciente e sou o único dono e
guia que sabe e pode circular por dentro deste mundo?
Como irão me devolver ao real, para que eu, como um
domador, domine esta fantasia e a reconduza ao
lóbulo do delírio? De modo a não me misturar a ela,
não me tornar, também eu, imaginação?

A porta da sala de cirurgia se abre, a maca entra.
Este que empurra terá noção da ansiedade de quem é
conduzido? Não pode ter. Não pode deixar-se tocar por
ela, ficaria louco, tantas são as pessoas que transporta.
Como fazem os médicos, assistentes, enfermeiros, para
não chorar, gritar, sofrer? Ou será que exatamente por
isso passam a compreender melhor a vida? Passam a se
conhecer mais? As luzes, a equipe. Não dá para ver
muito na posição em que estou. Chegou a hora, não há
mais recuo. Sairei desta sala? Vejo o anestesista Mizumoto. Dependo dele, vai me jogar nas trevas, facilitará
a minha travessia, sem dor, sem consciência e emoções.
Desaparecerei da vida por momentos. O assistente
Arthur, o que mais me visitou. Outra assistente, a Suely.
O sempre sorridente Koshiro. Bateu-me preocupação,
eu não tinha cortado as unhas dos pés, estavam gran-

des, e se olhassem meus pés, diriam: que desmazelado! Sinto frio, não sei se é da sala, se de mim. Aflito, aterrado, e se tenho um choque anafilático? A Eunice Maria Serra Olivé se inclina, sorriso brilhante:

"Sou a instrumentadora!"

Fui desligado.

No sono normal existe uma relação com o mundo, através de pequenos ruídos que nos acordam, ou quando nos viramos, nos movemos na cama. Aqui, não. Penetro no zero absoluto, sem sonhos, movimentos, estou completamente apagado. Por nove horas é como se estivesse morto. Será assim a morte? Escuro absoluto, ausência de dores, cheiros. O nada para sempre?

Para o budista a "vida e a morte não são boas nem más, feias ou bonitas; apenas são tais como são – ou tais como você as vê... ", diz Gyomay Kubose, num livro curto e compreensível. "A velhice e a morte são processos naturais da vida e é assim que devem ser encaradas... A vida é nobre; também nobre é a morte. A morte é o complemento, a realização de nossa vida. É melhor morrer com nobreza do que viver na desonestidade e na desgraça... Morremos, sim, porém não morremos. Vivemos além da vida e da morte. Devemos viver eternamente este pleno hoje."

Entre as orações que eu ouvia na minha infância, havia uma dedicada a Nossa Senhora da Boa Morte. Mas como pode a morte ser boa, eu indagava? E indago agora. Boa morte foi a de minha mãe. Tranqüila, segura de que teria apenas uma breve passagem pelo purgatório, não se considerava isenta de pecados e pequeninas más ações (involuntárias, claro). Quem me contou que a igreja inventou o purgatório para poder livrar a alma dos agiotas que, exercendo nefando mister, faziam altas oferendas ao clero? Está em Jacques Le Goff?

Estudiosos do tarô como a doutora Irene Gad (*Tarô e Individuação: correspondências com a cabala e a alquimia*) dizem que "a morte representa uma passagem aterrorizante, um estágio necessário para o renascimento, uma separação da consciência desde sua limitada modalidade de expressão atual". A morte deve ser concebida como "uma grande compensadora, ela pode estabelecer um equilíbrio de polaridades, o centro interior... Antigas formas de consciência devem morrer, para que se dê o nascimento a novas".

Olho dentro do meu cérebro

Estou deitado, a cabeça inclinada para o lado esquerdo, fixada por um aparelho cujos parafusos penetram no osso, atrás das orelhas. Dias depois, sentindo pequenas feridas sob os cabelos, brinquei com Marcos: "O que foi? Me colocaram uma coroa de espinhos?". Ele sorriu: "Mais ou menos isso". Só então me contou do aparelho fixador, conhecido como grampo Mayfield, que imobiliza a cabeça do paciente. Porque um movimento pode ser fatal.

Faço uma síntese, em termos leigos. Assim que Eunice se inclinou, sorridente e se apresentou, Nelson,

Esta é aproximadamente a posição em que o autor esteve no momento da cirurgia, segundo o livro Microneurosurgery. A cabeça presa pelo grampo

o anestesista, começou a injetar na minha circulação drogas de quatro grupos: barbitúricos, derivados da morfina, neurolépticos e propoxifeno. Com uma seringa, as drogas foram injetadas pelo cateter que penetrava em meu pescoço e tinha uma ponta posicionada quase dentro do meu coração. Eu ostentava cateteres por toda a parte. Os dos pés me hidratavam com soro. O do braço esquerdo penetrava na artéria radial para medir a pressão diretamente dentro.

Demorou uma hora até Nelson completar a anestesia, entregando-me às mãos de Koshiro e de Arthur, encarregados de preparar o campo. Rasparam poucos cabelos. A incisão na pele foi executada de modo a não afetar o nervo facial, a artéria e o músculo temporal. A pele foi retirada da frente do campo cirúrgico por ganchos presos a elásticos que puxam para baixo. Com o trepano, ou craniotomo, que possui dois tipos de pontas foram feitas quatro trepanações (furos). Em seguida, o *side-cuter* (cortador lateral) uniu estes orifícios entre si. Retirada a "tampa", iniciou-se a caminhada em direção ao aneurisma.

O osso da cabeça é sólido, duro. Entendo agora como zagueiros podem cabecear as bolas violentas que, zunindo, cruzam a área a 80 quilômetros por hora, dependendo de quem chuta. O pó do osso é recolhido. Será utilizado para ajudar a fechar a trepanação. Trabalha-se devagar, o clima entre a equipe é descontraído. Meses mais tarde, tive coragem de assistir ao teipe da operação. Relutei muito até concordar. Achei que ficaria traumatizado com os bisturis cortando a pele, com a "serra" e o sangue. No entanto, não há sangue algum.

A cena, gravada através do microscópio, é de singular beleza. Retirada a "tampa" de osso, encontra-se a aracnóide, rede de membranas, em forma de teia, que tem o aspecto de um véu delicado, transparente, que envolve o cérebro, assim como a membrana amniótica protege o feto. Cortadas com microtesouras, estas membranas liberam os sulcos do cérebro, os vasos sangüíneos e o próprio aneurisma que está envolvido por elas. Entra a espátula, afastando o lóbulo frontal do lóbulo temporal e expondo a cisura de Sylvios, que é o sulco por onde passa a artéria cerebral média.

Toda a área fica isolada. Trabalha-se o tempo todo submerso no líquido céfalo-raquidiano que banha o cérebro. O aneurisma é manipulado para que se tenha o controle do tronco principal da artéria, caso a "bolha" venha a sangrar. O lóbulo frontal, nas suas porções mais anteriores, é responsável pelas funções intelectuais e volitivas ou motivacionais mais finas e elaboradas, do cérebro humano. A porção posterior controla a motricidade do lado oposto do corpo. O lóbulo temporal tem como principais funções a comunicação, a memória e o reconhecimento da música. A abertura tem à sua volta um tecido azul que protege as imagens do vídeo e das fotografias dos reflexos da iluminação.

Abriram uma pequena caverna em minha cabeça. Paisagem poética. As paredes laterais são brancas, macias como flocos de algodão-doce ou nuvens claras, espessas de chuva. Pulsam suavemente, banhadas pelo líquido transparente. Veias e artérias azuis, cinzas e vermelhas atravessam em todas as direções. A princípio, a sensação é de que aquilo nada tinha a ver comigo. Podia ser um filme de ficção-científica. Alguém se lembra de um sucesso dos anos 60, *Viagem Fantástica* *, escrito por Isaac Asimov? Um grupo de cientistas foi micro-reduzido e embarcado em uma mininave que

---

* *Fantastic Voyage*, direção de Richard Fleischer, com Stephen Boyd e Raquel Welch, Fox, 1966.

penetrou num corpo humano, para tentar a cura de uma doença. Percebi que no fundo eu estava bloqueado até assumir: "Essa é a minha cabeça! O meu cérebro. Poucas pessoas, aliás raríssimas, que podem contemplar o próprio cérebro em atividade, como estou fazendo agora. Esta é uma hora solene, especial, privilegiada. Fiquei contente por ter enfrentado o teipe.

Neste momento, o cirurgião entra em cena. Fará o seu monólogo, apoiado por atores com funções essenciais. Como numa orquestra, cada um tem o seu solo, cada um é virtuose, o conjunto é música pura. O resultado aqui será a vida. Marcos indica um ponto da tela: "Se o cirurgião lesionar este ponto, você perde a visão...". Indicou outros que, lesionados por uma infelicidade ou acidente, tirariam meus movimentos. Imaginei o que me sucederia se ele tivesse um leve tremor. O neurocirugião tem de ser uma pessoa especial, com absoluto autocontrole e pleno domínio das mãos e dos dedos. Com plena saúde. Como é, ele faz *check-up* periódico? Cada gesto deve ter a intensidade de força exata. Penetrar nesta caverna é cruzar um campo minado.

Ampliado, o campo parece grande, quando na realidade é mínimo, a "tampa" retirada deve ter 5 x 5 cm. Marcos ajusta o microscópio, a cirurgia é feita através dele, as lentes conferem a sensação de tela larga. Na verdade tudo é reduzido. Controlando o microscópio com a boca, o cirurgião maneja os instrumentos, para chegar ao aneurisma. A instrumentadora, atenta ao vídeo, entrega o instrumento preciso, quando o cirurgião estende a mão. Eunice tem de saber cada passo, cada procedimento, prever pensamentos, procedimentos. Os movimentos são delicados, lentos e precisos. Paciência oriental. O tempo deixa de existir.

Chega-se ao aneurisma. Posso vê-lo translúcido repleto de sangue. Assemelha-se a uma minissirene de polícia, dessas que, nos filmes, os detetives instalam no teto do carro. As paredes dão a sensação de extrema fragilidade. Marcos confirmou: "Estava pronto para sangrar. Um esforço maior, uma pressão alta, uma relação sexual, um banho de sauna, seguido de uma ducha gelada... estava feito o serviço". Cauteriza-se um pequeno vaso aqui, outro ali, limpa-se a área ao redor da bolha, deixando-a a descoberto. O meu aneurisma tinha partes do fundo e do colo endurecidas. Como uma coisinha destas pode provocar tantos danos, ser fatal?

Tudo preparado para colocar o clipe de titânio. Mínimo, preso por um alicate, o clipe é levado à base do aneurisma. Mede-se. Uma segunda vez e confirma-se a exatidão da medida. Agora a tensão é enorme, silêncio total. Clipar é o momento máximo, estressante. Conversas posteriores com diferentes médicos me revelaram. Todos consideram a poesia deste instante insuperável. Segundo pesquisas, se alguém medir a pressão arterial do cirurgião, neste momento, ela está alta, havendo aumento da freqüência cardíaca. A expressão popular, sentir o coração batendo na garganta, aplica-se perfeitamente. Frieza e impassibilidade são exigidas e o bom médico é aquele que consegue impedir que a resposta emocional se manifeste. A porta de entrada do centro cirúrgico é uma fronteira exigente, radical.

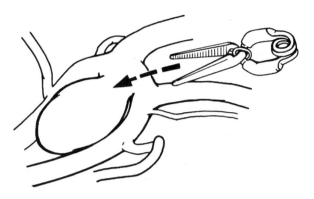
Exemplo de clipe aproximando-se de um aneurisma

Problemas pessoais, emocionais, as inquietações internas de cada um não podem passar. Se houvesse um detetor, como aqueles de aeroportos que nos impedem de passar com armas, este seria implacável. Entra-se "limpo". A sala escura, há luz apenas no microscópio. Os outros médicos acompanham tudo por monitores de vídeo. Num caso como o meu, quando se inicia a cirurgia, o médico conta com a possibilidade de o aneurisma se romper e a artéria se fechar, provocando trombose. Daí a inquietação. O cirurgião é submetido a um teste crucial quando o aneurisma sangra. Nesta hora, tudo depende dos seus procedimentos, calma, raciocínio rápido e profundo conhecimento.

    O clipe se aproxima do aneurisma. Minha vida, movimentos, visão, fala, entraram em jogo naquele instante. Curioso sentir emoções, medos e apreensões adiados. Sabia o resultado e no entanto me emocionava, atemorizado. Na imagem, mesmo ampliada, não se nota o mínimo tremor. A mão firme hesita um segundo, e ataca. Súbito, plic. Perfeito. No momento em que o aneurisma é clipado, derrama-se o alívio, todos respiram.

Clipado, o aneurisma torna-se saquinho inocente. O sangue existente em seu interior é sugado por um microcateter. São colocados mais dois clipes para melhor ocluir o aneurisma, evitar o risco de descolamento da parte endurecida. Jatos de soro irrompem, enchem o campo, banham os tecidos. O cirurgião se afasta. Trabalhou três horas dentro da caverna. Minha cabeça é fechada. Dado o último ponto, me retiram da sala.

No apartamento, Márcia estava acompanhada de Marilda e Cida Alves. Conversavam, iam até a lanchonete, fumavam um cigarro na sala de visitas, permaneciam em silêncio. A tensão ali era maior do que na cirurgia. Ophir trazia notícias vagas, tudo é lento, enervante. "Um tédio", dizia ele, brincando, para animar. Hebe Camargo foi protagonista de uma situação que define bem. Ela telefonou às 13h30, quando eu estava entrando na sala. Depois, às 16h30, às 18h30, às 20 horas. Nervosa, é velha amiga, fiel, desde que, irritado com o patrulhamento que ela sofria, defendi pelo jornal a sua liberdade de manifestação. Vieram meus filhos, Andrea Carta fez uma vigília até eu ser conduzido à UTI. Às 21h30, pouco antes de iniciar o seu programa, Hebe deu o derrradeiro telefonema. Márcia informou:

– Ainda não terminou!

Hebe não se conteve, num grito, desabafou:

– Puta que o pariu!

Serviu para descontrair a Márcia, as duas riram.

Mortos podem ver e ouvir?

Despertei com a voz do Marcos, dentro do meu ouvido: "Ignácio, foi tudo bem". Os minutos tinham sido 9 horas. Novo mistério do tempo.

Apaguei, acordei na UTI querendo fazer xixi, a bexiga cheia, doendo. Reclamei com voz pastosa, a enfermeira se impacientou: "Você está com sonda, não pode querer fazer xixi".

Arthur veio testar reflexos, levantei os braços, contei os dedos, quatro, três, quatro, dois, identifiquei esquerda e direita, coloquei o dedo esquerdo na ponta do nariz, depois o direito. Parecia uma brincadeira feliz.

Vivo? Tinha perdido a chance de ir embora sem que pudesse ser acusado de ter me matado. Ir para um lugar que não pode ser pior do que este mundo, do jeito que ele está.

Vivo ou delirando? Estaria dentro de um sonho? A cirurgia não tinha terminado, porém a anestesia me permitia sonhar. E se isto significa estar morto? Continuar a ver e a viver, imobilizado, o corpo sem reações, a mente desperta. Posso ver e ouvir e raciocinar, mas talvez esteja morto e o terror vem daí. Vão me declarar morto, sem saber que o morto está consciente, sem ter como se manifestar. Não tenho como protestar.

Vivo! Em que condições? Podia acreditar no médico ou ele estava apenas sendo animador, mais tarde viria a revelação da seqüela, paralisia, a perda do raciocínio? E quando terminaria o desconforto da UTI cheia de sons, gritos, campainhas, zumbidos, plins? As pessoas que gostam tanto de filmes de hospital certamente não passaram por ele, pelos aparelhos, não viram doentes reais.

A bexiga me incomodava, devia ser a sonda, lembrei-me de meu pai, aos 87 anos, deitado numa cama, com a sonda permanente. Quanto deve ter sido incômodo. Ele não reclamava, nunca teve uma palavra de desalento, protesto. Era conduzido por sua fé, Deus enviava aquele sofrimento, Deus sabia o que fazia, em suas razões incontestáveis. Os médicos me diziam: "Reclame, grite, xingue, o bom paciente é o que se revolta". O que posso fazer? Herdei gens daquele homem, sou assim, contorno, a coisa mais difícil do mundo é explodir, tenho medo de incomodar, mesmo levando em conta que as pessoas pouco se importam. Meu único problema é que não tenho a fé que moveu meus pais e atenuou os dramas que cruzaram sua vida.

Da UTI restaram estilhaços. Márcia só pôde me ver no dia seguinte, olhei para ela e Marilda, engrolei umas palavras, virei e dormi. Acordei, alguém veio e puxou a sonda, o tubo amarelo, de borracha, foi saindo, senti uma ardência no interior do pinto, a maca voltou aos corredores, agora não sentia frio nem calor, não me considerava vivo ou morto, freqüentava o limbo. Fui colocado num quarto, soube que era a semi-intensiva, visitas apareciam, não sei quem eram. Então, creio que ao terceiro dia ("ao terceiro dia ressurgiu dos mortos, diz o Credo") fui colocado no apartamento normal, havia flores por toda a parte, caixas de bombons e geléias, um cartão gigantesco do pessoal da *Vogue*,

O fax de Vanya e Gianfrancesco Guarnieri, um ex-aneurismático

outro, enorme, da Livraria Cultura, chocolates da Nestlé, mandados pela Fundação Cultural (há anos sou do júri da Bienal Nestlé de literatura e vivo pedindo caixas, principalmente de Alpinos), telegramas, faxes. Surpreendi Daniel, André e meu primo Zezé, curiosos, contando os pontos na minha cabeça: cinqüenta. Passava a mão de leve, sentia um zíper. Queria pedir um espelho, não tinha coragem. O quarto na penumbra. A cabeça estranha, áerea, desconforto, mas nenhuma dor. Quando elas viriam? Na parte anterior da cabeça alguma coisa me incomodava, passava a mão, sentia o sangue coagulado em furinhos.

Acordava à noite com enfermeiras abrindo a porta, acendendo as luzes, e nunca consegui descobrir por que entram assim abruptamente, assustando. Faz parte da recuperação? Tiravam pressão, me davam um comprimido, iam-se embora, ganhava mais umas horas de sossego. Pela manhã, vinha o fisioterapeuta, me levava para o corredor, eu de camisolão, morto de vergonha, sacudindo os braços, ritmado. Perna esquerda para a frente, braço direito para a frente. Perna direita, braço esquerdo. Um boneco. Ainda mais com a boina na cabeça. Recebia dos amigos boinas e bonés, para esconder o corte, os pontos. Deveria ter feito um enxoval, descuidei, gostaria de ter sido um paciente elegante. Confesso que nada disso tem importância, ninguém pensa. Ou não pensei eu? Quando tive coragem de me olhar no espelho do banheiro, levado pelo enfermeiro (não sei por quê, tinha medo de cair, Ophir me deu a bronca: "Já caiu alguma vez no banheiro? Não? Então?"), tive a certeza: tinham-me transformado em um andróide. Algo semelhante a um zíper prateado atravessava a minha cabeça. Personagem do *Blade Runner*. Eu podia abrir o zíper, trocar o cérebro, se é que andróide tem cérebro. Pronto, personagem do filme! O enfermeiro me dava banho, esfregava a esponja sobre a cabeça, ensaboava, eu morria de medo de ele arrancar os pontos todos. Depois me entregava a esponja: "Agora, o senhor lave suas partes íntimas". Partes íntimas! Por que não dizia partes pudendas? O cateter no lado direito do pescoço me afligia. Reclamei, Marcos mandou retirá-lo, a dor persistiu por dias. Gostei de saber que meu corpo tinha resistido bem às nove horas de operação. Não usaram aparelhos para a respiração, os pulmões se portaram bem, suportaram sozinhos, em ordem. Vantagem de nunca ter fumado. Posso até fazer publicidade antifumo. Permanecia um cansaço, desligamento do mundo, pouco me importava o que acontecia lá fora, não queria jornais, a tevê ficou desligada. Esperava todos os dias a visita dos médicos para anunciar: "Chegou a hora de te contar algumas verdades". A revelação das seqüelas, da meia vida que eu teria pela frente, não poder fazer isto, nem aquilo. A comida era sem gosto. Perdi o paladar! É isso. O paladar se foi, é a primeira seqüela. Dormia e o sono era sem sonhos. Não sonhar nunca mais, outra seqüela. Medo dos pontos se abrirem. Não, não estou vivo, este é um sonho dentro da anestesia, a cirurgia não terminou, não vai terminar nunca, sairei desta mesa para o cemitério, o que acontece agora é aquilo que eu gostaria que acontecesse, uma projeção. E se eu estiver vivo, ainda tenho pela frente a infecção. No Brasil ninguém se salva da infecção hospitalar. Vejo a preocupação na cara das enfermeiras, dos médicos.

E melhorava, dia a dia. A cirurgia tinha sido na segunda-feira, na quinta me deram um breve sinal de que talvez me dessem alta no sábado. Mas, não quero sair, no hospital estou a salvo, se os pontos arrebentarem, serei socorrido. Se os clipes estourarem, entrarei na emergência. O filho do Guzo não tinha ficado um mês na UTI? Ou foi um mês de hospital? E as dores? Quando viriam? A espera de uma dor que não chega é pior do que a dor. E queria ir embora, fugir da infecção. Marcos tinha razão. Tirando a leve inquietação, breves desconfortos, não havia dores. Duas ou três vezes apareceram, no lado oposto ao corte. A enfermeira trazia Novalgina, eu ficava indignado.

– Novalgina, que mixaria!

– Não está com dor de cabeça?

– Fiz uma operação complicada, mereço um remédio sofisticado, importado.

– Não teve complicação nenhuma, o senhor está tão bem!

A dor sumia, eu me desmoralizava. De repente, entrou Roberto Freire, o escritor, velho amigo. Um tapa-olho de pirata, ou de diretor de cinema (Raoul Walsh usava um). Tinha vindo fazer um exame, soubera de mim, aparecera. Roberto abandonou psicanálise, escreveu novelas de televisão, livros que foram um sucesso danado (*Cleo e Daniel*, retrato de uma geração), meteu-se em jornalismo político, criou uma teoria, a Soma, o *Sem Tesão não há Solução*. Trabalhamos juntos na *Última Hora*. Agora, ali estávamos os dois, envelhecendo, o físico cobrando pedágio, ele com a visão ruim, eu, passado pelo aneurisma. Porém, vivos e prontos a fazer coisas, enquanto para trás ficara uma legião de amigos mortos, inutilizados, uns sem terem realizado os sonhos, outros deixando alguma coisa. Sem contar os desaparecidos nos anos da ditadura.

Logo irrompeu o Giovanni Bruno, extrovertido, ruidoso, lamentando não trazer *penne à carbonara*, um de meus pratos favoritos em sua cantina Il Sogno di Annarello. Conversou com os médicos e lembrou que fora o encarregado da minha dieta, durante a última hepatite. Giovanni, ainda garçom do Gigetto, todas as noites me preparava bife grelhado, sem óleo ou gordura, com legumes cozidos e um copo de guaraná, do qual tirava o gás agitando uma colher

O fantasma da infecção

Menos de uma semana e deixei o Einstein. Sábado pela manhã.

– Você vai perceber que se tornou impaciente. Vai estourar, gritar, de vez em quando. É o efeito da cirurgia, ela provoca essas reações. O efeito permanece por um tempo.

A cidade quieta, diferente. Uma alegria reencontrar São Paulo, nem reparava em sua feiúra. A casa se encheu, permaneci deitado, podia ficar deitado quanto tempo quisesse, podia dormir no meio das conversas, atender ou não ao telefone. Sem a menor vontade de ver televisão. Medicamentos: Hidantal, para evitar convulsões, e Antak, para o estômago. Nada mais. Outra vez, mixaria. Para evitar infecção, tive dez injeções de

Receita do Targocid

Targocid, um antibiótico caríssimo, 130 reais cada ampola, e quatro de Rocefin. Hércules, farmacêutico da Aclimação – onde morei certo tempo – velho amigo, comprometeu-se a aparecer todas as manhãs para as aplicações. Ele vinha de bicicleta, pedalava quinze quilômetros até Pinheiros.

Uma vez em Berlim, numa palestra no Instituto Ibero-Americano, os alunos se surpreenderam quando contei que Hércules tinha feito uma poupança em carros. O tema: *Como viver num país com inflação de 1% ao dia* (4% ao ano era a inflação alemã). Os recursos, esquemas, manobras, subterfúgios, aplicações, tipos de dólar, cheques pré-datados, pagamentos à vista, em três, cinco, dez vezes, pagamentos com vale-refeição, cartão de crédito, vale transporte. Enfim, a inteligência e a improvisação de um povo *expert* em economia, por força de circunstâncias. A conversa deixou os alemães perplexos. Riam tanto que me julguei um humorista, pasmaram ante a criatividade brasileira, a capacidade de, numa loja, fazermos contas rapidamente, de cabeça, para saber se era mais conveniente pagar à vista, ou a prazo, deixando o dinheiro aplicado. Hércules tornou-se um símbolo da economia. Contei como ele foi poupando e comprando carros. Os carros iam valorizando. Um dia, entregou três ou quatro automóveis em troca de uma casa. Ficou nos anais do Ibero-Americana!

A primeira semana era decisiva. Evitar infecções. O fantasma que assombra. O corte cicatrizava-se rapidamente. A cabeça coçava, eu coçava com as unhas, não sentia nada, os nervos estavam desligados. As dores ausentes, apenas um latejar. "Tenha medo da dor interna, contínua. Esse latejar significa acomodação dos tecidos", acalmou o Marcos. Avisou-me que um músculo tinha sido cortado, demoraria a recompor-se. Um pequeno buraco ficaria na minha fronte. Tinha dificul-

HOSPITAL ISRAELITA ALBERT EINSTEIN
Laboratório de Patologia Clínica

Exmo Sr: *IGNACIO L L BRANDAO*   Id: 59a10m   # Pront: 533801   Qto: (A0779)
Dr: OPHIR IRONY   30 05 1996 18h33   (SLABO199605301234)

MICROBIOLOGIA

PONTA DE CATETER

CULTURA(S) (Realizadas por equipamentos automatizados Vitek/Bactec/ESP System)

Aeróbia: Não houve crescimento bacteriano.   Resultado: Final

Data: 11/06/1996   Hora: 17:28   Liberado por: . . . .

Av. Albert Einstein, 627/701 - Morumbi   - Dr Luiz Gastão M. Rosenfeld   - Dr Antônio Lauro Coscina
Tel.: (011)845-0450 - Fax: (55-11)845-0616 - Dra Nydia Strachman Bacal   - Dra Flávia Rossi
CEP 05651-901 - São Paulo - Brasil   - Dr Carlos A. Senne Soares   - Dr Eurípedes Ferreira

Exame Ponta de Cateter

dade para mastigar, a boca não abria muito. Uma dor impertinente instalou-se no pescoço, vinha do furo do cateter na carótida. Então, a febre se manifestou, sem razão. Desaparecia, voltava. Queriam que eu fizesse exames de sangue quando ela se manifestasse. Tudo tinha ido tão bem, parecia desandar. Era a infecção. A ansiedade voltou, maior do que a espera da cirurgia. Passara por tudo e agora surgia esse fantasma. Tentava ler, não conseguia, dormia. Olhava televisão desinteressado, mudava de canal quando apareciam notícias de violências. Crimes, manifestações, guerras. Desisti. Ficava inquieto ao ouvir sirenes de ambulâncias. E ouvia muitas, minha casa fica no caminho das Clínicas. Imaginava o paciente louco para chegar ao hospital, ser medicado, e a ambulância presa no congestionamento.

Telefonemas e mais telefonemas. Pela primeira vez na vida podia não atender, sem desculpas. Amigos dos jornais, preocupados, queriam saber de minha recuperação. Vozes desconfiadas: Está bem, mesmo? Nenhuma seqüela por enquanto? Soube depois que a mídia tinha ligado com insistência para o hospital, tentando entrevistar o Marcos. Ele, na dele. Não apareceu uma única vez. Aliás, quando discutimos sobre pagamento, ele descartou todas as soluções que apresentei, recusando-se a cobrar, alegando que se alegrava por colocar em boa ordem a minha cabeça, para que eu continuasse a fazer livros e crônicas e tudo o mais. Mal sabe que, naquele momento, atraiu para si as iras dos críticos e resenhistas... "Meus amigos na imprensa podem divulgar seu nome, seu trabalho", eu dizia. Marcos, calmo, a voz baixa, respondia que não, era um trabalho de equipe, e esta equipe tinha uma postura, a de não aparecer. Coisa que me emocionou, numa época em que tudo se faz pela mídia, para a mídia. Vivo nessa mídia, sei como funciona. Aliás entra em causa também a ética de minha profissão. Há assessorias pagas para colocar as pessoas em tantos centímetros de coluna de jornal, tantos segundos de televisão. A ética médica tem sido colocada em questão, com profissionais que inclusive manobram situações para poder ficar em foco, principalmente se os pacientes forem conhecidos. Há "estrelas", sempre consultadas pela imprensa. Há os que aproveitam as rebarbas e se insinuam com seus "pareceres de especialistas". É um mecanismo perverso. Sou mídia, fui paciente, tive a experiência dos dois lados. Existem, no entanto, médicos que ficam indignados com estas posturas e deles pode nascer o movimento pela ética rigorosa que dê à classe o prestígio que já desfrutou e que vem perdendo neste tempo de valores confusos.

Andava devagar pela casa, com medo de cair. Tomava banho apavorado com a possibilidade de escorregar. Não tinha coragem de molhar a cabeça. A febre prosseguia. A tomografia revelou um líquido ao redor do clipe. Pediram exame do líquor. Este sim, chato. A agulha grossa penetrou pela nuca, raspando nas vértebras, crac-crac-crac. Sensação tenebrosa, ainda que indolor. Pesquisavam a possibilidade de meningite. Não era. Foi pedido o eco-cólor-cardiograma, ultra-som do coração. Cólor. Teresa Collor. O gel frio sobre o peito. O médico acionava uma tecla, eu ouvia um forte chuá, chuá, chuá, como o mar batendo na praia. Fluxos de sangue entrando e saindo do meu coração. Febre misteriosa. Quem sabe provocada pelo acúmulo de tensão de todos os dias, desde que descobri o aneurisma até a cirurgia. Engraçado, sentia falta da ansiedade, estava tudo vazio, plano.

Márcia de termômetro na mão, controlando. Marcos e Ophir preocupados. 37º, 39º. Estacionava, descia para 38º, subia para 40º. Receitaram-me Bactrin. Mas sobreveio um desarranjo intestinal. O exame de fezes revelou a existência da toxina *Clostridium difficile.* Outro antibiótico: Flagil. Por que quando temos de fazer exame de fezes não conseguimos recolher o material? O organismo bloqueia. Ficar num reservado, sem calças, sabendo que o funcionário espera à porta para apanhar o frasco plástico é vexatório. Todo mundo na sala parece estar vendo a entrega do pacotinho de bosta, ri pelas nossas costas. Que profissão a de quem examina a bosta dos outros, procurando doenças. Tem cada trabalho no mundo!

Certa vez, tentei elaborar a lista de todas as profissões. Todas. Existem as mais estranhas e inusitadas. Ou escrever a história de um professor, cuja obsessão era elaborar uma relação dos ofícios. Para saber quantos existem no mundo. O primeiro trabalho diferente que vi foi o de um magrelo de cavanhaque que, no Largo de São Francisco, nos anos 50, sentado a uma mesinha, escrevia cartas para os analfabetos enviarem à família. Havia uma fila diante dele e o magrelo datilografava numa Remington cambaia. Mas as famílias saberiam ler? Durante as viagens dos anos 70, o escritor Antônio Torres me contou que na juventude, no Junco, Bahia, onde nasceu, era ele quem escrevia as cartas para as pessoas pobres e iletradas. Num hotel, encontrei o encarregado de fazer as bolinhas de manteiga para o café da manhã. Coloquei em *O Ganhador*. Numa firma de exportação de café, havia o encarregado de recolher sobras de barbantes que fechavam os sacos.

A febre desapareceu. Sem que se soubesse por que veio. O corte cicatrizou-se, os pontos foram retirados. A vida começando a normalizar-se. Tudo estava igual? Eu, vivo. Continuaria o mesmo? A experiência mudaria o meu modo de ser, viver? Como saber? O jeito era viver. Os médicos mandaram voltar ao trabalho, assumir a vida. Não era a hora de jogar tudo para o alto, mudar, trocar de pele? Voltei à revista, trabalhava duas, três horas. Andar pelas mesmas ruas, liberto da ameaça do aneurisma, me dava a sensação de flutuar. Não via nada feio. Não que as coisas tivessem ficado bonitas. O que me encantava era estar ali, poder olhar. Caminhava com cautela, atravessava as ruas sem segurança, com medo de calcular mal a velocidade dos carros. Morrer atropelado seria ridículo, seria ofender a equipe que tinha feito tudo para me salvar, seria desperdiçar os esforços, pensamentos, orações, vibrações de tanta gente amiga. Do viaduto da Avenida Doutor Arnaldo, aos domingos, contemplava os jovens atirando-se no espaço, seguros por cordas elásticas. Quando parecia que iam estourar os cornos no asfalto lá embaixo, a corda puxava para cima. Ioiôs humanos. "Medo e adrenalina", exclamavam. Mas não havia medo de morrer. Não sei por que, a gente acredita mesmo na imortalidade e desafia, arrisca. Porque cada vez que chegamos vivos ao fim do dia é uma vitória. Quando saí do apartamento e fui levado para a sala de cirurgia, me atirei no espaço, a corda elástica que me prendia à vida suportou, me puxou, soltou de novo (nas febres), me agarrou. Fui puxado e me aninhei no regaço da vida, confortável, delicioso, sensual.

Não tinha pressa, gostaria de não ter mais. De repente, me deu um estalo. Se tinha saído desta, talvez fosse um aviso de que eu ainda estaria aqui por muitos anos. De que forma mudar a vida, dar outro rumo? Teria necessariamente de fazer isto? Há uma série de convenções que nada acrescentam e que podiam ser eliminadas. Dar atenção à minha vida pessoal, dizer não aos outros e sim a mim mesmo, ser mais impulsivo e menos contido, arriscar mais.

Se o dia é bonito, cair fora, não ficar encerrado numa sala, dar uma caminhada, sentar-me num bar com mesas na calçada. Para que economizar e canalizar para o amanhã, se o amanhã é agora?

E a tensão do dia-a-dia? Como eliminá-la? No entanto, a tensão fornece adrenalina, excita. Ou este é um pensamento manipulado pela perversidade das normas de vida que nos regem? No filme *Twister*, há um momento interessante, quando os efeitos especiais estão em repouso. É a história de um grupo de pessoas que persegue tornados, para estudá-los, derrotá-los. Um dos personagens, após um dia violento, comenta: "Engraçado, as pessoas passam a vida tentando fugir das tensões. Nós passamos a vida caçando a tensão". Segurança. Não a segurança contra a violência, mas aquela outra, a interna, a da mente. Lembrei-me de uma indagação de Krishnamurti (a revista *Planeta*, nos anos 70, foi das primeiras a divulgá-lo junto a grande público, fora dos círculos restritos onde era estudado e discutido): "A mente pode ter segurança? O cérebro pode ter segurança completa, na qual toda forma de medo chegue a um fim?".

Retomar o cotidiano, admirado por nunca ter percebido pequenas coisas que estão em meu caminho. Ao escovar os dentes, vejo que o sol atravessa a janela transparente, bate na pia branca, reflete-se nas torneiras e no espelho. O dia fica concentrado neste banheiro. A luz explode e a pia, prosaica, perde os contornos, estende-se ilimitada, sinto estar dentro dela, envolto num branco absoluto. A luz me provoca cócegas, posso senti-la palpável, física, fico imobilizado para que a sensação não se dissolva. Há dias em que as coisas à minha volta sofrem mudanças, ganham aspectos, tamanhos, cores, que antes eu não percebia, deixava passar. Minha mente se expande, recolho fragmentos, monto unidades.

Nas semanas que se seguiram, três notícias me chocaram. Márcio Fonseca Ferreira, empresário do cantor Milton Nascimento, morreu aos 45 anos. Depois, a jogadora de vôlei Tina, da seleção paulista, na quadra, durante um jogo em São José do Rio Preto, sentiu violentas dores de cabeça, começou a vomitar e foi internada. Operada com urgência, salvou-se. Havia dúvidas se voltaria a jogar. Voltou. Em março de 97. O repórter Gabriel Bastos Júnior, de 25 anos, do *Caderno 2* de *O Estado de S. Paulo*, após violentas dores de cabeça, foi internado, morreu em uma semana. Os três diagnósti-

Notícia sobre Tina, jogadora de vôlei
(Diario Popular, São Paulo, 13 ago. 1996.)

cos: aneurismas cerebrais. Fui sentindo, cada vez mais, que eu estava vivo. Completamente vivo. E mesmo sem saber como descrever a sensação, o que se passava dentro de mim, estava vivo, com vontade de comunicar às pessoas que passavam: Não morri! Podia ter morrido, passei perto, e estou aqui. Estar vivo era continuar aqui, participar de tudo isso. Bom ou ruim, é melhor estar aqui. Quem foi que disse que não tinha medo de morrer, e sim de deixar de viver? Uma frase sutil, mas verdadeira apenas para quem chegou ao limite, à fronteira, e não ultrapassou.

A cada dia, a sensação de viver me invadia, me dava força. A cada dia o cabelo crescia e escondia a cicatriz, hoje nada mais que um finíssimo corte, o japonês é bom no seu assunto. O corte começava no alto da cabeça e se inclinava, terminando perto da orelha direita. Por algum tempo me incomodou colocar os óculos, a haste raspava no corte. Estes óculos poderiam agora estar numa caixa, no armário onde a família iria esconder por um tempo os pertences do morto. De que valem velhos óculos, com lentes de 2,75 graus, feitas para uma vista cansada de tanto ler, escrever e ver? E eles estão outra vez em meu rosto. Besteira! Cansar de ler! Agora, quero ler tudo, ler muito mais, quero ver até a vista estourar, quero viver. Viver.

Tudo ganhou novos sentidos, cores, formas, maneiras de ser. A maciez da manteiga, a sua textura, o amarelo frágil sobre o pedaço de pão integral. O cheiro do café quente. O pó do chocolate se dissolvendo no leite branco, formando desenhos que nunca se repetem. Os copos e xícaras numa cristaleira. A licoreira que pertenceu à minha mãe. O sol da tarde penetrando pelas janelas e formando desenhos nas paredes. A espuma do chope. O sabor denso da turfa defumada no uísque. O cachorro vira-lata que está de vigília todas as manhãs na porta do prédio: o que espera? A camioneta que descarrega bolos e tortas frescos na doceira, impregnando a vizinhança com o cheiro doce. A empregada que rega azáleas de diferentes cores. A água da ducha caindo com força, formigando na pele. Os cheiros do sabonete, do xampu, do condicionador, do creme de barba, do desodorante. A dureza da unha do pé, cortada com o trim gigante, trazido pelo japonês do empório da Aclimação, um homem calado, misterioso, que desaparecia por temporadas, regressava com pequenos presentes para a freguesia. Contemplar o vermelho intenso, sangüíneo, quase roxo, das frutas da cerejeira que existe no quintal de uma casa na esquina das ruas Atlântica e João Moura. As cerejas caem na calçada, são aneurismas murchando. Os mil ruídos que existem na rua: um latido, galho quebrado, janela batendo, uma descarga, alguém chamando alguém, uma porta de ferro sendo baixada, um assobio, garrafas batendo contra garrafas, um som da lata sendo rasgada, a brecada de um carro, a buzina.

Ter alegria com as coisas mais triviais, pelo prazer de estar vivo e poder contemplá-las. Sentir o cheiro metálico da cidade, os mil odores que vêm de escapamentos, chaminés, esgotos, lixo, restaurantes e lanchonetes e carrinhos de sanduíches, o suor das pessoas, os perfumes baratos no metrô, o incenso das igrejas onde entro vez ou outra, para flutuar no silêncio. Aprender a cozinhar, poder passar horas concentrado, misturando ingredientes, decifrando receitas, atento ao tempo de cozimento, cuidadoso nos temperos, exigências que me abstrairiam desta inquietação constante e inexplicável. Desviariam das preocupações do dia-a-dia, do medo de perder o emprego, de tensões indefinidas. A única procupação seria fazer uma boa comida, com sabor, cor e cheiro que agradassem. Retornar ao pequeno estádio da Rua Javari, na Mooca, ficar junto ao alambrado, gritar contra o juiz, ver a grama pisada, os encontrões e socos e xingamentos dos torcedores, o uivo da torcida. Curtos instantes de felicidade. Estar vivo.

Surpreendi-me observando, por algum tempo, uma deficiente física que, em sua cadeira de rodas, faz ponto na esquina da Atlântica com a avenida Brasil. Passo por ela todas as manhãs, jamais a vi de cara fechada, mal-humorada, olhar para baixo, perdido. Sempre sorridente, conduz sua cadeira entre os carros, vende uma coisa de cada vez, conhece as pessoas, acena, grita bom dia. Tive vergonha de minhas reclamações, do meu vitimicismo, ao contemplar esta mulher. Ela me reanima, me coloca para cima. Poderia estar como ela, e não estou. Ando, falo, vejo. A intensidade que isto assume, só pode perceber quem atingiu o limite e voltou.

Passei pelo correio, estava vazio. Enviei um telegrama ao cirurgião Marcos Stavale:

Vivo! Vivo! Vivo!
Viva!

De um episódio em que convivi com a possibilidade de morte por quase um mês, numa expectativa enervante, tirei uma lição das mais elementares. Descobri o essencial: a minha vida é esta, deste jeito. Vou vivê-la assim, com o que tem de bom e ruim, com alegrias e inquietações, sofrimento e felicidade, encargos, chatices, encontros e desencontros. Ser contemplativo, sem perder a agressividade que me estimula a produzir, criar, andar em busca do sonho. Tentar não me deixar envolver pela mecanicidade, olhar para os outros, medir a intensidade do problema deles e a dos meus. Viver a vida à minha maneira e não ficar preocupado em mostrar apenas o meu lado bom, a minha face fotogênica, porque isto acaba gerando uma tensão constante, uma preocupação em não me deixar apanhar desprevenido. Não ter medo de me mostrar frágil. Fazer o que posso e tenho capacidade para fazer, não tentar corresponder a imagens ou a realizações que esperam de mim. Devo saber o que esperar de mim, conhecer meus limites e minhas possibilidades.

No conhecer-me posso ser autêntico e não estarei buscando realizações que me são impossíveis e que poderão gerar decepções, neuroses. Procurar uma forma para ser honesto comigo. Reduzir cada situação ao real, sem exageros. Nada dura. Nem mesmo uma tragédia. Há um momento em que ela se torna comédia. Tudo vem em ciclos. O que importa é continuar vivendo. A intensidade de cada momento assume uma eternidade. Viver é isto. Cada segundo dura séculos. Agora sei, e sinto.

Assumo a perplexidade: qual o sentido desta vida? Não sei. Por que repetimos os mesmos gestos, fazemos a mesma coisa uma vida inteira? Um homem varre a rua, limpa aquele pequeno trecho. Contenta-se com isso, é o que o mandaram fazer, é preciso estar tudo limpo. Mas ele o que pensa de sua vida, o que quer, o que gostaria de fazer de diferente? Há uma mecanicidade geral. Como compreender o que leva um homem a encerrar-se num escritório, lendo e produzindo relatórios, analisando balanços, criando novas formas de fazer dinheiro, acionando o teclado de um computador, consutando gráficos? O que todos fazem para esconder o vazio?

Súbito me deu um cansaço enorme da avalanche de informações que recebo todos os dias. Senti-me exausto com a massa de notícias descarregada pela mídia. Jornais, revistas, tevê, rádios, Internet, boletins, *house-organs*. Para que saber a taxa de juros nos EUA? O que significa *bradies*? De que me adianta o Tesouro vender pré-fixados de um ano ou que a Bovespa feche com alta nominal de 2,2%? Não penetro nesse mundo cifrado, ele é inacessível ao homem comum. É como *O Castelo*, de Kafka. Impenetrável. E daí? Saturado ao ver jogos de futebol pela tevê e perceber que meus olhos se desviam para as centenas de placas de anúncios. Há logomarcas nos uniformes, bonés, garrafas de água, bolas, chuteiras, caixas de vendedores de sorvetes, até na maca. Contundido, o jogador se deita sobre o nome de cerveja famosa. Vende-se tudo, cada centímetro do mundo, cada milímetro do corpo. Cansaço de andar pelas ruas, circular de ônibus ou táxi. Sentia um peso enorme ao contemplar a avalanche de letreiros, faixas, painéis, grafites, *outdoors*, tabuletas, placas, plaquetas de acrílico, metal, pano, plástico, madeira, que cobrem fachadas e anunciam produtos, promoções, novas direções, descontos, liquidações, menus, novidades do dia, brindes. Intoxicado com as ofertas de prêmios, de apresentadores me convidando a telefonar para 0900 e concorrer a carros, motos, apartamentos, *gadgets* eletrônicos, milhões de reais. Fechava os olhos, porém letras de todas as cores me perseguiam, me deixando nauseado. E pensar que vão abrir na Europa, mais de 1.800 canais de TV a cabo. Viver é isso, a minha revolta contra esta poluição sonora-visual que nos inquieta o tempo inteiro. Percebo que estou sorrindo. O implicante retornou. Se posso reclamar, se tudo isto me incomoda, perturba, é porque estou vivo. Melhor assim: estar puto com essas coisas todas porque está vivo! Percebo o pobre escritor que sou. Não consigo, de nenhum modo, colocar no papel a sensação que é viver. Talvez eu deva simplesmente... viver. Tive um privilégio que poucos têm, fui avisado, salvei-me a tempo. Preciso ter em mente isso, sempre. Por alguma razão, fui escolhido para viver por mais um tempo. É preciso viver bem. Descobrir o que significa viver bem. Sinto que é alguma coisa não apenas em relação a mim, mas também aos outros, na minha comunicação, na solidariedade, no escutar, ver, ajudar.

Desperto cedo, o relógio biológico não foi afetado, outra boa descoberta. Continuo na cama, até o corpo reclamar. Vou para a cozinha, Alzeni, a empregada, ouve rádio, é o seu companheiro num ofício tão solitário. Por horas e horas ela se move dentro do apartamento, sem ninguém com quem conversar. Às sextas-feiras vem uma prima, e quando se vai deixa um bolo caseiro, saboroso. Ser boa boleira é uma arte, pão-de-ló, rocambole, de fubá, de milho, de maracujá. Por anos pensei no que significava este ló. Pão-de-ló. Alguém chamado Ló? Corruptela de Lot, o da *Bíblia*? Vou ao dicionário. Por que não fui antes? Passamos anos falando coisas sem curiosidade de entender. Ló: tecido fino como escumilha. A delicadeza do pão-de-ló, fino, transparente, leve sabor. Viver é poder comer pão-de-ló.

Alzeni gruda-se ao rádio, transporta-o pela casa, seus amigos são os que conduzem longos programas de música e conversas com ouvintes. Sempre na mesma emissora, a Capital. O telefone toca, o radialista atende: "Bom dia, com quem falo? Luciana Bernardete? É casada, Luciana? Pois tem voz de mulher bem-casada". Fico imaginando o que seja voz de bem-casada. Será que a prática de ouvir milhares de telefonemas possa levá-lo a analisar as vozes? Não seria uma capacidade fantástica?

Muitas vezes, nesta minha vida, olho para meu lado e penso: tenho sorte. Não me refiro agora à descoberta do aneurisma. Estou pensando em Márcia, minha mulher. Quero terminar falando dela. Todos os dias pela manhã, trabalhamos lado a lado, antes que eu vá para a revista. Arquiteta, ela recém-aprendeu a trabalhar com os complicados mecanismos do Autocad em seu computador. De vez em quando paro meu texto e olho admirado o tanto de comandos necessários para se fazer uma reta, uma curva, abrir uma porta na parede. Um dia, ela viu que se tornavam obsoletos o nanquim, os esquadros, compassos, papéis, lapiseiras, a caneta Rotring, réguas, a velha gilete para raspar erros. Juntamos economias e compramos outro computador. Determinada, ela trouxe Kátia, uma professora e, em poucos meses, dominou o sistema. Enquanto Márcia trabalha silenciosa, fico constrangido com o meu tec-tec-tec. Deve incomodá-la. De vez em quando, a minha rapidez aumenta, ela se vira e sorri. Sei que é bobagem ser rápido, principalmente porque nesta velocidade muitas vezes bato o dedo em teclas mortais e o texto desaparece.

Sorri. Ah, o sorriso desta mulher! Viver é poder continuar a desfrutá-lo, tanta energia me passa. O riso dela foi a primeira coisa que me cativou e, ao lado de centenas de outras, de milhares, ainda o que me mantém. O sorriso de uma pessoa que olha para o mundo de bem com a vida, disposta a enfrentar a adversidade, a combater o pessimismo. Sorriso que muda todo o ambiente à minha volta. Rasgado, iluminado, brilhante, verdadeiro. Quando ela sorri, sorri por inteiro, aberta, entregue. Todo o corpo participa, músculos, células, coração.

Uma vez, no período de alguns meses, roubaram duas vezes nosso carro, duas Paratis que ela adorava (agora mudamos, por ser um carro muito visado e pelo ágio que cobram os revendedores). Na segunda, quando ela me informou, já estava na delegacia, corri para lá, deprimido, fiquei para baixo, imaginei mil coisas terríveis. Encontrei-a saindo da delegacia com o boletim de ocorrência nas mãos e o sorriso rasgando o rosto: "Mais uma! Estamos ficando experientes!". Em casa, descobrimos que o seguro estava vencido havia um mês, portanto, zero de indenização. "Vai-se arranjar, você vai ver!" O seguro estava vencido porque o corretor, pela primeira vez em muitos anos, não nos avisara, e a seguradora – incrível – assumiu, pagou, e num prazo rápido.

Ela é assim, tem confiança em que as coisas se resolvem. O que não quer dizer que seja passiva. Batalha, me empurra, é uma lição para mim, mais acomodado, reticente. E também tem sorte. Campeã de vagas. Ela tem uma certeza tão grande que vai encontrar uma vaga perto de onde devemos ir que acaba encontrando, é famosa na família e entre amigas por esta sorte. Nunca falhou.

Dias destes, rimos com uma crônica do Ruy Guerra contando o dilema de dormir, porque a mulher costuma enroscar-se nele durante a noite. "Você é que devia ter escrito esta crônica", disse Márcia. Porque é igual conosco, e deve acontecer com milhares. A nossa diferença é a temperatura. Tenho calor, não me incomodo com o frio, ela é friorenta, precisa agasalhar-se bem, encher-se de cobertas. Acordo suando no meio da noite, tiro devagarinho o cobertor, passo para cima dela. E então, Márcia começa a suar. Quando será inventada uma coberta dublê, fina de um lado, grossa do outro?

No entanto, admirável foi a forma como enfrentou os dias, antes e depois da minha cirurgia. Centrado em mim, não percebi a angústia em que ela se encontrava. A pessoa que está de fora tem de se manter firme, sofre mais. Quando eu, no auge da tensão, olhava, recebia de volta o sorriso e a força. O mesmo sorriso que encontro todas as manhãs, ao acordar e que me deixa pronto para o dia.

Soube depois o que significaram para ela as nove horas de espera no apartamento, enquanto eu estava no centro cirúrgico. Anestesiado, não vi nada. Ela, não. Seguiu, instante a instante, todo o processo, com as notícias que Ophir trazia, de vez em quando. Que duração tem o instante, quando se espera?

Vieram noites mal-dormidas, ela atenta ao meu sono. Quem dorme em hospital, com enfermeiras abrindo portas e acendendo luzes de tempo em tempo para medir pressão, dar comprimido, injeção, verificar os aparelhos, o soro? Em casa, ela organizou medicamentos, comandou o regime, controlou a temperatura, informou ao médico, tratou do curativo, o fecho *éclair* na minha cabeça.

Mulher é mais forte que homem. Confesso que trataria de um curativo dela, mas seria desconfortável para mim. Aqueles pontos todos, passar Povidine, água oxigenada. E Márcia ali, com um sorriso, me levantando. Porque houve um momento em que pensei: "deixa rolar".

E se me recuperei tão rápido, se readquiri o gosto pela vida, foi porque emanava dela uma força muito grande, enorme, que me arrancou da acomodação e me fez reerguer.

Agora, ela está aqui nos comandos do Autocad. No final de 1996 (o ano em que João Antônio morreu sozinho em seu apartamento e foi encontrado muitos dias depois), também Márcia teve sua provação. Em novembro, voltamos ao Einstein, ela sofreu uma cirurgia no ouvido esquerdo. Um barulho constante de mar passou a incomodá-la, terminamos num otorrino, passamos à ressonância, à tomografia, descobriu-se um pequeno tumor benigno instalado no tímpano. Esperando-a pelo final da cirurgia, tive a noção de como é mais fácil ser paciente que acompanhante. Temores, apreensões, dúvidas. Havia o perigo de uma paralisia facial. Quando retornou, ainda dopada, sorriu levemente, me acalmei. Duas semanas depois estava em plena atividade. E descobrimos que nos fortalecemos nestas duas crises. Lembro-me de que o neurologista disse ao descobrir o aneurisma:

"O senhor teve sorte, acabou de ganhar a Supersena acumulada."

Mal sabia que eu já tinha ganho uma vez. No dia em que descobri Márcia e iniciamos esta jornada que dura quase onze anos.

No entanto, talvez esta jornada tenha se iniciado há mais de onze anos. A vida está cheia de caminhos cujos traçados temos de seguir, sem entendê-los bem, sem clareza. A maioria das pessoas não se pergunta sobre os caminhos, atalhos e vertentes pelos quais a vida nos conduz. Eu era criança – já se foram mais de 50 anos – e quando minha mãe me mandava buscar carne no açougue do Vicente Gullo, na esquina da Avenida 7 com a rua 6, eu me via tomado por um sentimento contraditório de medo e alegria. Pavor e felicidade se mesclavam. Vicente era um homem fechado, bravo, de pouca conversa com criança. Talvez gostasse de espicaçar os pirralhos. Os adultos eram assim, tinham uma forma de brincar que, às vezes, não alcançávamos. E se ele me perguntasse que tipo de carne eu queria? Não conhecia nenhuma. Só sabia que pescoço era a pior, dura, sem sabor. Dia ruim era aquele em que minha mãe anunciava: "Hoje comprei pescoço, foi o que deu com essa miséria de dinheiro que temos". Eu caminhava duas quadras em direção ao açougue, embalado por um sonho. Esperar que a filha do açougueiro estivesse na janela. Em geral, estava. Cedo ainda, aquela mulher morena e linda, se punha a observar a rua. Tinha olhos brilhantes, parecia artista de cinema, seu rosto irradiava serenidade, bom humor. Quantos anos devia ter? Dezoito? Vinte? Quinze? Um menino de oito anos como eu não tinha perspicácia para determinar idades. Alguém com vinte anos era velho. Um de quarenta, ancião.

Soube um dia que a mulher da janela se chamava Vanda. Luminosa, era um ídolo inacessível, venerada como venerávamos as santas nos altares da Matriz. Terá sido uma paixão? Ou a minha primeira grande descoberta da beleza? Este é outro momento forte de minha vida que me chega nítido, apesar da distância. O encontro com o que a vida tem de poético e de fugaz. Ela dá, toma, revela, esconde, às vezes concede de novo. Existe algo de brincalhão no destino. Numa certa altura, Vanda desapareceu da janela, tornou-se imagem perdida. Voltava à minha mente através dos anos, um pouco à semelhança daquela mulher de branco, com a sombrinha branca, vista na saída da barca por Berstein em *Cidadão Kane*.

Em 1986, Márcia e eu iniciamos nossa ligação. Ela foi relutante, a princípio, sou vinte anos mais velho, e tinha havido um desagradável pequeno incidente, minha imagem não era das mais simpáticas. Ela vinha de uma separação, queria continuar em liberdade, insisti, lutei (eu que não sou de muita luta), nos acertamos, engrenamos, fortalecemos.

Num final de semana, estávamos em Araraquara na casa dos pais dela. Eu, já tendo ganho certa intimidade, contei ao Nelson, meu sogro, sobre a moça da janela. Vanda era irmã dele, são filhos do Vicente Gullo. Nelson ouviu, pareceu emocionado. Contou-me que Vanda desaparecera da janela ao se casar e mudar da cidade. Tinha morrido há anos, no parto de um filho. Ele saiu da sala, demorou um pouco, voltou com uma fotografia antiga.

– Aqui está!

Olhei a foto, estranhei. Ele tinha mudado de assunto?

– É a Márcia? Adolescente?

– Não é Márcia!

– Como não?

– É a Vanda, minha irmã. A mulher que você via na janela. Muita gente na família costumava olhar para Márcia e chamá-la por Vandinha. Ela sempre foi a cara da tia!

BIBLIOGRAFIA

ABREU, Caio Fernando. *Pequenas Epifanias.* Porto Alegre, Ed. Sulina, 1996.

ANJOS, Augusto dos. *Obras Completas.* Rio de Janeiro, Nova Aguilar, 1996.

ARIÉS, Philippe. *O homem Diante da Morte (L'Homme Devant La Mort).* Rio de Janeiro, Francisco Alves, 1977.

ATTWATER, Donald. *Dicionário de Santos (The Penguin Dictionary of Saints).* São Paulo, Art Editora Ltda., 1991.

COLEMAN, Paul. *Os Salva-vidas do Destino (Life's Parachutes).* Rio de Janeiro, Nova Era, 1996.

CURRIE, Ian. *A Morte não Existe (You Cannot Die).* São Paulo, Mandarim, 1996.

GAD, Irene. *Tarô e Individuação: correspondências com a cabala e a alquimia (Tarot and Individuation).* São Paulo, Mandarim, 1996.

KRISHNAMURTI. Citação da palestra proferida em 1983 em Ojai. Informativo do Centro Palas Athena.

KUBOSE, Gyomay. *Budismo Essencial (Eveyday Suchness).* São Paulo, Ed. Axis Mundi/Budagaya, 1996.

LISPECTOR, Clarice. *Felicidade Clandestina.* Rio de Janeiro, Francisco Alves, 1994.

_____. *Laços de Família.* Rio de Janeiro, Francisco Alves, 1995.

MAUGHAM, Somerset. *Um Gosto e Seis Vinténs (The Moon and the Sixpence)*. Lisboa, Edição Livros do Brasil, s.d.

RENARD, Héléne. *Depois da Vida (L'Aprés Vie)*. Rio de Janeiro, Nova Era, 1996.

SAGAN, Carl. *O Romance da Ciência (Broca's Brain)*. Rio de Janeiro, Francisco Alves, 1985.

YASARGIL, M.G. *Microneurosurgery*. Stuttgart – New York, George Thieme Verlag, 1984.

Obras do Autor

Depois do sol, contos, 1965
Bebel que a cidade comeu, romance, 1968
Pega ele, silêncio, contos, 1969
Zero, romance, 1975
Dentes ao sol, romance, 1976
Cadeiras proibidas, contos, 1976
Cães danados, infantil, 1977
Cuba de Fidel, viagem, 1978
Não verás país nenhum, romance, 1981
Cabeças de segunda-feira, contos, 1983
O verde violentou o muro, viagem, 1984
Manifesto verde, cartilha ecológica, 1985
O beijo não vem da boca, romance, 1986
A noite inclinada, romance, 1987 (novo título de *O ganhador*)
O homem do furo na mão, contos, 1987
A rua de nomes no ar, crônicas/contos, 1988
O homem que espalhou o deserto, infantil, 1989
O menino que não teve medo do medo, infantil, 1995
O anjo do adeus, romance, 1995
Strip-tease de Gilda, novela, 1995
Veia bailarina, narrativa pessoal, 1997
Sonhando com o demônio, crônicas, 1998
O homem que odiava a segunda-feira, contos, 1999
Melhores contos Ignácio de Loyola Brandão, seleção de Deonísio da Silva, 2001
O anônimo célebre, romance, 2002
Melhores crônicas Ignácio de Loyola Brandão, seleção de Cecilia Almeida Salles, 2004
Cartas, contos (edição bilíngüe), 2005
A última viagem de Borges – uma evocação, teatro, 2005
O segredo da nuvem, infantil, 2006
Não verás país nenhum – edição comemorativa 25 anos, romance, 2007

Projetos especiais

Edison, o inventor da lâmpada, biografia, 1974
Onassis, biografia, 1975
Fleming, o descobridor da penicilina, biografia, 1975
Santo Ignácio de Loyola, biografia, 1976
Pólo Brasil, documentário, 1992
Teatro Municipal de São Paulo, documentário, 1993
Olhos de banco, biografia de Avelino A. Vieira, 1993
A luz em êxtase, uma história dos vitrais, documentário, 1994
Itaú, 50 anos, documentário, 1995
Oficina de sonhos, biografia de Américo Emílio Romi, 1996
Addio Bel Campanile: A saga dos Lupo, biografia, 1998
Leite de rosas, 75 anos – Uma história, documentário, 2004
Adams – Sessenta anos de prazer, documentário, 2004
Romiseta, o pequeno notável, documentário, 2005

Impresso nas oficinas da
Gráfica Palas Athena